魔王様の餌付けに成功しました

～魔界の定食屋で悪役令嬢が魔族の胃袋を掴みます～

MAOUSAMA NO
EDUKE NI
SEIKOU
SHIMASHITA

著・笛路　イラスト・犬月煙

CONTENTS

プロローグ　悪役令嬢ミネルヴァ

庭園にあるガゼボで、慌てふためく妹シセル・フォルティアをなだめながら、侍女に淹れさせた紅茶をあおるように飲んだ。

今朝、私ミネルヴァ・フォルティアは普通ならばありえない決意をしていた。

『妹を殺そう』

なぜそう思ったのか――。

はるか昔、創設に携わった一族として国に多大な影響力を持つ、フォルティア侯爵家の長女に生まれた。幼いころから、家を繁栄させることだけを考えるよう言われ続けてきた。王太子殿下の婚約者候補になるための厳しい教育に何年も耐えた。王家と我が家での婚約の話し合いが着々と進み、やっと報われるときがきたと思った矢先、社交界ビューしたばかりの妹と王太子殿下がお互いに一目惚れをして恋人になった。

体罰も伴うような厳しい教育ばかりを受けていた私とは反対に、幼いころから両親に無償の愛を注がれていた妹は天真爛漫に育った。今なら、そんな彼女に人々が好意を寄せるのも理解出来る。ただ、家の繁栄のために王太子殿下の婚約者になることを求められ、それだけのために生きることを強要されていた私は、夜会でシセルとダンスをし、頬を染めて戻った王太子殿下の「妹はお前とは違い、とても明るい性格なのだな」という言葉や「殿下とシセルは想い合っている。

身を引きなさい」という両親の言葉で、心を闇に染めることとなった。

「だからって、毒を仕込むなんてね。本当にごめんね」

普通ならば、ミネルヴァ・フォルティアが謝ることなどない。なぜなら、妹が王太子殿下を奪った泥棒猫であり、自分は選ばれし人物で正義側だという考えしかないから。

だけど、今の私はそうじゃない。

妹を庭園のガゼボに誘ってお茶をしていた。意識を混沌させる薬を塗ったティーカップを憎き妹に渡したはずだった。どう間違えたのか、それが自分のカップになっており、紅茶を飲んだ瞬間に意識が飛び――――前世を思い出した。

様々な記憶が噴火するように脳内に湧き上がってきた中で、一番に伝えるべきは目の前にあるケーキだ。あのケーキには強力な毒が入っていると本能が囁く。

慌ててケーキを食べようとしていたシセルを止め、まだ纏まりきらない記憶をたどりつつ事情を話した。

「前世？　別の人格？」

「ええ。私は確かにミネルヴァ・フォルティアだけど、この世界ではない前世の記憶がある……というか、さっき思い出したのよね」

前世は、そこそこ平和な日本で、のんびり楽しく生活していた。調理系の専門学校を出たあと、地元のスーパーを展開している企業に就職し、お惣菜コーナーの担当になった。そこで様々なお弁当やお惣菜を作ったり、新商品を企画したりと、好きを仕事にしていた。仕事終わりの楽しみは、異世界恋愛系のコミックを読んだり、お料理サイトや動画を見て夕食を作ること。

そんな平凡な私が、なぜこの世界にいるのか分からない。たぶん転生とかいうやつだろう。紅茶のおかわりを入れたティーカップの中に映り込む、ツンと尖った猫目、ピンク髪の自分。目の前にいる、キラキラとしたオーラを纏ったようなシセル。

前世で読んでいたコミックの世界だとすぐに気付いた。シセルがヒロインで、私は悪役令嬢。ガゼボでシセル殺害に失敗し、暴漢を使って襲撃させた。それがシセルを偏愛している王太子にバレてしまう。裁判ののち罰として魔界送りとなり、魔界の森で魔獣に食べられて死亡という結末だ。シセルと王太子殿下の純愛物語の中のスパイス役。

「私ね、シセルとアシュトン殿下の恋を応援しているのよね」

「え？」

今までのミネルヴァだったら、そんなことを言えばなにかを企んでいると思われるだろう。なぜなら、それほどにシセルに対して酷い嫌がらせをしていたから。今回、なぜシセルが私からのお茶の誘いにのったのかは分からないけれど、警戒はしていたはずだ。

「私ね、前世で貴方たちの物語を読んでいたの。シセルが殿下を想う気持ちはよく分かるし、殿下がシセルじゃないと駄目なのもよく分かるの。だから、二人は幸せになってね」

「っ、では……お姉様はどうされるのですか？　このままだと人間界を追放されるのですよね？」

それだ。追放前に家から出て、どこかで下働きをするのもありかもしれないが、この世界でミネルヴァの悪役令嬢としての地位は固まってしまっている。働き口などありはしない。今まで家族のために沢山我慢してきた。ミネルヴァ・フォルティア侯爵家を繁栄させるために生きるしかなかった。でも、私は違う。王太子殿下を好きでもなければ、フォルティア侯爵家を繁栄させるために生きたいとも思わない。大好きだった料理や製菓もしたい。

それならば、いっそのこと魔界送りにされて、魔国入りしてしまえばいいのではないだろうか。そこで新たな生活を手に入れればいい。魔族のように魔法は使えなくても、私には前世での料理経験がある。コミックで魔界も人間界と同じような食事だといった描写があったはず。ただのミネルヴァとして、魔界で仕事を見つけて働いて生きていく方が性に合っている、とシセルに伝えると怪訝な顔をされてしまった。

「魔界でですか？　人間界で暮らした方が安全なのでは……」

「シセル、あの男が私を許すと思う？」

偏愛・執愛・ヤンデレといった言葉が似合うというか、そういう属性に設定されている王太子。前世を思い出した今なら分かる。

あの男は、私が平民に落とされたとしても、追いかけてくる。シセルを害する可能性など、絶対に残すはずがない。

「っ、えぇっとぉ……」

シセルが視線を泳がせて言葉を濁した。王太子の性格をよく理解しているようだ。

「だからね、魔界で生きようと思うのよ！　計画としてはね――――」

――――こうして、異世界に転生してしまった私、ミネルヴァの『魔界で安全安心に暮らそう☆計画』が発足したのであった。

第一章　悪役令嬢に転生して、断罪されました

「ミネルヴァを魔界送りに処す」

はい、きました。断罪からの魔界送りの刑。

前世で読んでいたコミックに出てくる悪役ミネルヴァ・フォルティア侯爵令嬢に転生したと気付いたときには、断罪はもう確定していて抗いようのない流れができていた。それならば逆らわず粛々と受け入れる方が安全だろう、と判断して約二ヵ月。この世界のルールをしっかりと学び終えたし、準備万端。

「お姉様……こんなことになるなんて。本当にごめんなさい」

「いいのよ。貴女は幸せになりなさい」

キラキラと眩しいオーラを放つ、この世界のヒロインである妹のシセル。

王太子であるアシュトン殿下の婚約者になった妹を妬んだ悪役令嬢である私の末路は、魔界に立ち入ってすぐ夥しい数の魔獣に食べられて死ぬ。なんとも雑なフェードアウト。

だって、異世界恋愛ハッピーエンドな物語の、ちょっとしたスパイス役だもの。そういう扱いになるのは仕方ない。

いくら悪役令嬢に転生したからといって、前世を思い出した今はイジメなんてできるはずもなく、妹とは和解はした。ただ、王太子殿下には私に前世の記憶があることは内緒にしてもらって

いた。改心したなんてきっと信じてもらえないもの。

そんな生きづらい世の中よりも、新たな世界を求めて旅立ちたかった。

私の人生はここからが本番。

魔界の森での生き抜く方法は考え済み。あとは、魔獣たちを躱す方法が失敗しないことを祈るだけ。

◇◇◇

ギョアァァァァァと、コカトリスの咆哮が辺りに響く。

「うわぁぁ……」

大惨事。

いやぁ、本当に大惨事だわぁ。

唐辛子みたいな香辛料がこの世界にもあったから、粉にして粗めの布で包んでレッドペッパーボムを作ってみた。頭が雄鶏で尻尾が蛇になっているコカトリスが襲ってきたから、ていやっと投げつけてみたら、ちょっと可哀想になるくらいに地面でのたうち回っている。

そのあとも襲ってくる肉食系の小型魔獣たちにレッドペッパーボムやレモン汁ボム、ガーリックペーストボム、オニオンペーストボムなんて投げつけつつ歩いた。

どんな魔獣がいるか分からないし、ボムはいろんなタイプのものを用意していた。流石に武器類は持たせてもらえなかったから、調味料という体で荷物に入れていた。傍から見ると、食いしん坊よね。

　何度目かのコカトリスの襲撃を躱しつつ森を進んでいると、一〇メートルくらい先で、象くらいの大きさがありそうな巨大なカニが、黒いなにかを踏み潰していた。よくよく見ると、頭が三つある犬っぽい生き物だった。その近くでは、豆柴みたいな子犬が震えながら巨大なカニに向かって吠えている。子犬も頭が三つあるので、あの踏まれている犬と親子なのかもしれない。

　犬の方はたしかケルベロスよね。カニの名前はちょっと思い出せないけど、なんだか凶暴そうで近づくのは怖い。でも、子犬が必死に親を助けようとしている姿には心打たれる。

「キャウン！」

「わっ……！」

　子犬がカニの脚に咬み付いた瞬間、振り払われて私の足元まで飛んできた。

　大きな怪我はないようだけれど、諦めた様子で横たわり、悲しそうにクゥゥンと鳴いている姿は、流石に可哀想になってきた。自然の摂理だから手出しするのもなと考えていたところで、まさかのカニが私の方へと移動を始めてしまった。

　これはやばいと走って逃げようと思ったところで、足元の子犬を見る。既に戦意は喪失していて、このままだとあの親犬と同じように？　そう思うと心が痛む。

「あー、もぉっ！」

　横たわっている子犬の脇腹に手を入れ、抱えあげてカニから逃げることにした。……正直、カニをなめていた。

横歩きでノタノタと歩くのかと思っていたら、まさかの正面を向いて走ってついてくるのだ。予想外すぎる。しかも完全に敵認定されてしまっている。

なるべく障害が多い場所をと木々の間を縫って逃げていたら、登れないほどの岩壁に追い詰められてしまった。流石にこれはやばいと、持っていた様々なボムをカニに向かって投げつけてみたものの、なんの効果もなかった上に、余計に怒らせてしまったようだった。

もう、駄目かも。そう思った瞬間だった。

「騒がしいと来てみれば、カルキノスか」

いつの間にか目の前に男の人が立っていた。

長くてサラリとした銀髪、頭の横からはクルンと丸まったあとに枝分かれしている黒い角。服装は魔界の森に似つかわしくない、黒いズボンに白いボタンシャツ。凄くラフな格好だけどシワひとつないし、一切汚れてもいない。この人、いったいどこから現れたのだろうか。

「ん……？　人間か？　ここでなにをしている」

振り返ったその男性は、人間界ではあり得ないような真っ赤な瞳だった。それなのに、どことなく見たことがあるような、ないような。ちょっと目が潰れそうなほどのイケメンで、前世だったら海外俳優さんとかやっていそうな風貌だ。

「えっと、そのカニに襲われてます」

「……だろうな」

質問の意味が違うだろうなとは思ったものの、あえて現状説明をしてみた。

ここで人間界を追放されたなんて言ったら見捨てられそうな気がして、言いたくなかった。

男性は、私が抱えている頭が三つある子犬をジッと見て、首を傾げた。

「ソレは？」

「親犬があっちで襲われてて……」

「クキュゥーン」

「ん、あとでな」

なにやら子犬と意思疎通ができたらしい男性が頷いたあと、カルキノスとかいう巨大カニに向かって、まるで散歩でもしているかのようにゆっくりと歩みを進めた。風に靡く銀髪が、鬱蒼とした森の木漏れ日を拾い、キラキラと輝いている。そこからの怒涛の展開は、あまりにも非日常すぎてただ呆然と見ているしかなかった。

男性がカルキノスに向けて手のひらを翳すと、カルキノスの目の前で小さな爆発が起こり、次の瞬間にはひっくり返っていた。そしてどこからか出した細身の剣で八本の脚を斬り落としていた。

呆然としていると、なんとも言えない焼きガニのいい匂いに鼻腔がくすぐられ、ゴギュルルルと私のお腹が吠えた。

「なんの音だ？」

キョロキョロとする、銀髪美丈夫は無視することに決めた。乙女のお腹があんな野性的な音なんて出すはずがないから。

「キャウン！」

「ああ、人間の腹の音か」

　子犬に裏切られた。

　ギロリと睨んだら、尻尾を股の間に挟んでサッと男性の後ろに隠れられてしまった。

　とりあえず、本当にかなりお腹が減っていたから、その場でカニを焼いて食べることにした。

男性に聞いたら、毒はないとだけ言われたので、食べられはするんだろう。そもそも、こんなにも芳醇な匂いを漂わせているんだから、絶対に美味しいはずだもの。

　岩壁を背にして、少し大きめの石を積み上げて簡易のかまどを作った。

　カニの解体は男性がしてくれるそうなので頼むことにした。脚は既に切り落とされているけどまだまだ大きい。胴体の身やカニ味噌なんかもちょっと食べてみたいから、切り分けてほしい。持てる分は持って魔国入りできたらいいなと思っている。

　火起こしのライターみたいな魔具と、隠せる程度のナイフを持たせてくれた妹のシセル、本当にありがとう。そして、各種ボムもありがとう。まさか調理にも使用出来るなんて、思ってもみなかった。

「脚が焼けましたよ……えっと、お名前をお伺いしてもいいでしょうか？」

「ん？　ウィルだ」

「ウィル、助けてくださってありがとうございます。レモンをかけて食べると美味しいですよ」

ウィルに食べやすいサイズに斬ってもらったカニの脚を渡しつつ、お礼を言うとクスリと笑われてしまった。流石に助けてもらったお礼と食べ方のおすすめを同時に言うのは駄目だったかな？　でも、ウィルは気にしていない様子で受け取って、どこからか出したフォークでカニの身をパクリと食べていた。

「……美味い」

「よかった！　子犬も食べて大丈夫なのかな？」

ウィルに渡す前に一応ちょこっと味見はしておいた。大きいものって大味だとか言われやすいけど、カルキノスは高級カニくらいにしっかりと凝縮した味だったし、食感もふわふわでいてツルッと飲み込めるという素晴らしさだった。

子犬が食べたそうにしていたから聞いてみたら、子犬ではなく子ケルベロスで、与えても大丈夫だと言われた。黙々と食べ続けるウィルと子ケルベロスに焼きガニを渡しつつ、自分もパクリ。

「ふわぁ……甘ぁい！」

いくら食べても減らないカニを見つつ、卵があればカニ玉やスープなんかができるのになと、ボソリとぼやいてしまった。だって、美味しい美味しいって食べてくれてるけど、現状は焼きガニしかあげられないから。カニっていろんな料理ができるのになって。

「カルキノスを使って、他にもいろんな料理ができるのか？」

「はい。カニグラタン、カニチャーハンなんかも……」

自分で言ってて涎が垂れそうになった。危ない危ないとゴクリと唾を飲み込んでカニを、またパクリ。軽く塩を振っただけなのにめちゃくちゃ美味しい。カニ独特の甘さが鼻から脳天に抜けていく感じがする。これ絶対にカニクリームコロッケにしたら美味しいだろうな。でも持ち運んでる間に腐りそうだしなぁ。諦めるしかないかな、と思っていた。

「ふむ。食べきれない分はどうするつもりだ？」

　持てる分は持つけど、流石に大きすぎるので申し訳ないけどこのまま放置か、時間はかかるけれど全部焼却かなと話すと、それならばもらっても構わないかと聞かれた。そもそも退治したのはウィルなんだし、どうぞと言うと目の前にあったはずの解体されたカルキノスが一瞬で消えた。

「え？」

「収納した」

「あ……ストレージ？　とかいうやつですか？」

「ん」

　なんか異世界の物語とかで見たことある。人間界にはなかったと思うけど、魔界というか魔族は持っているっぽい反応をされた。

　かまどなどの片付けをしていたら、ウィルが子ケルベロスとなにやら話していた。なんとなしに聞いていると、親ケルベロスの遺体を埋葬しに行くことになったらしい。じゃ、ここで解散ね！　って言ってもよかったんだろうけど、しょんぼりしている弱々しい雰囲気の子ケルベロスを放置できるわけもなく、ついて行くことにした。

　ウィルが魔法でボコッと大きな穴を掘り、そこに親ケルベロスを埋めた。私はというと、特になにも出来なかったので、お花を摘んで簡単にまとめて、お供えして手を合わせた。

「それは、人間界の作法か？」

ウィルがきょとんとしながら聞いてきたけど、説明が難しい。なにせこれは前世の作法だから。言葉を濁しつつそのようなものだと誤魔化して、フレンチブルドッグみたいな座り方でしょんぼりしている子ケルベロスの頭をそっと撫でた。ネットでよく見ていた『フレブル座り』の癒し動画が懐かしい。

「クゥゥン」

「んー？　どうしたの？」

「キャウン！」

「えっと、ごめんね。私、言葉が分かんないのよね」

ウィルいわく、子ケルベロスが助けてくれてありがとうと言っているとのことだった。あと、私について行く、と。

（え？　ついてくるの？）

そういえば私はどこに向かっているのか？　人間界か？　とウィルに聞かれて、またもや言葉を濁しつつ、魔国を目指していると伝えると、変な人間だなと言われたものの、特に気にした様子はなかったのでどうにか誤魔化せたらしい。

親ケルベロス埋葬もしたし、さて魔国に出発だぁ！　と歩こうとしていたら、ウィルに「魔国に行くのならこっちだが？」と逆方向を指さされた。

「……なるほど！」

「方向音痴か？」

　素早くバレたけれど、私ってそんなに分かりやすかったかなぁ？　と首を傾げていると、子ケルベロスがなにやらキャウンキャウンと足元で鳴き出した。ウィルをちらりと見ると、通訳をしてくれた。どうやら名前をつけてほしいと言っているらしい。

「名前ー？　ポチ・タマ・ポコ、とか？」

「「……」」

　完全無視で却下された。

　酷くないかな？　さっきまではキラキラした目で見上げてきていたのに、スッと前を向いて歩き出している。

「ケル・ベロ・スー？」

「「グゴァァゥ！」」

　めちゃくちゃキレられた。

　三頭とも牙を剥いて吠えて、咬み付く直前みたいに歯をガチンガチンと鳴らしている。

「えぇ？　ちちん・ぷぷい・ぷい？」

　咬まれそうになった。

　ウィルが子ケルベロスの首をガシッと掴んでくれたからセーフだったけど、たぶん止めてくれなかったら完全に咬まれていた。

なんでそんなに怒るのよと苦情申し立てをすると、ウィルに「いや、普通に怒るだろう……」となぜか呆れ気味に呟かれた。

「なによもうっ、わがままばっかり！　そんなんだと、フォン・ダン・ショコラ、にするわよ！」

「『わふぅん！』」

「…………………え？」

正面向かって上がフォン、左下がダン、右下がショコラでいいらしい。いや確かに可愛い名前ではあるけれど、ケルベロスとしては可愛すぎやしない？

「『ぐるぅ……』」

なんで唸られたのかと思ったら、そもそも私のネーミングセンスが酷いのが悪いと言っているらしい。ウィルが肩を震わせながら教えてくれた。

そんなこんなで、しばらくおしゃべりしつつ鬱蒼とした森を歩いていると、木々の隙間に人工の壁のようなものがチラチラと見えだし、ウィルがもう数分で森を抜けると教えてくれた。そしてウィルの言ったとおり、五分後には森を抜けて大きな市外壁みたいなものに囲まれた場所へとたどり着いた。

さっきまでは魔獣に襲われまくっていたのに、ウィルたちと出会ってからは小鳥や野うさぎさえも出てこなくなったことは気にはなっていたけれど、安全に抜けれたからまぁよし、ということにした。

門に誰かいるなぁと思いつつ近づいていくと、トカゲと人間の間みたいな門兵さんがいた。

（おお、魔族っぽい魔族の人だ！）

トカゲの門兵さんが、私たちを見て呆然として口をハクハクと動かしている。中に入りたいんだけど、説明も案内もしてくれない。

「あの？　王都の住民じゃないものは、中に入るのにお金がいるんですよね」

「あ、あぁ……人間のくせによく知ってるな」

これは原作コミックの内容通り。お金や宝石は沢山隠し持ってきたから大丈夫。心優しきヒロインであるシセルに感謝ね。

私とウィルの通行料を渡そうとしたら、トカゲの門番さんがウィルをジーッと見て「あの、まぉ」まで言って、また口をハクハクと動かしていた。なにか喋っている気もするけど、なにも聞こえない。

「俺のことは気にするな。ここの住民だ」

「そうなんですか？　それなら、はい。私の分です」

「あ……うん」

門の中に入っていく瞬間、トカゲの門兵さんが目を見張るほどの姿勢のよさで敬礼していた。

お金をちゃんと払うとあんなふうに丁寧な接客になるのね？　少し謎だけど、教育が行き届いている感じはするわね。とウィルに話しかけると、なぜかクスリと笑われて、頭をポンポンと撫でられた。小さい子どもにするみたいなやつなんだけど、なんでよ？

魔国の王都は、防護壁みたいなもので都市全体を包むように建設されている。ウィルいわく、はるか昔に人間と戦争していたものの名残なのだとか。今は友好関係を築いているので、ある程度は人間も受け入れられていると言われた。そこはシセルにもなんとなく聞いていたけれど、魔族であるウィルに言われると、ちょっと安心できた。

ウィルによると、王都といえど魔王城は遠くの丘の上にあるらしく、ここからだと魔王城の一部が少し見える程度だった。壁の内側にはいくつかの街があるそう。魔族は魔王城に近ければ近いほど戦闘狂が多いらしいから、壁に近いあたりが一番安全かもしれないとのことだった。

兎にも角にも、まず優先すべきは拠点決めなのよね。

「このあたりに、安くて美味しいご飯が出るホテルとかあります？」

「ホテル？　そんなものはない」

「え、ないの？　王都なのに？」

ホテルがない理由は簡単で、魔族たちは魔法で高速移動ができるから。めちゃくちゃ羨ましかった。そして、絶望どん底でもある。

泊まる場所がないということは野宿になるの？　フォン・ダン・ショコラがいるから、ちょっとは温かいかもだけど、豆柴サイズだから布団にはならない。頑張って抱き枕だ。

「部屋を借りればいいだろ」

「なるほど！　どうやって⁉」

――――ウィルに連れてきてもらったのは、スーツを着た人型に近いカエル魔族さんの不動産屋。カエルの魔族さんが「まぁ」まで言った瞬間に、さっきの門兵さんと同じく、口をハクハクとさせていた。魔族特有の挨拶かもしれないので今回もスルーしておいた。

「貸部屋ですか。いくらまぁ……その方のお知り合いだとしても人間には……」

どうやら、無職の人間の信用度というものは皆無らしく、いくらお金があっても、貸してもいいという魔族はいないそうだ。まぁ、そこは人間界でも同じだし、前世でも一緒だろう。さてどうしようかと悩んでいると、ウィルが不思議そうにしていた。

「ならば家を買えばいいだろう」

なるほどその手があったかと、不動産屋さんに聞いてみると、怪訝そうな顔で買うほどのお金はあるのかと聞かれた。一応宝石類もあるというと、目がギョロリとしたので、宝石類はかなり魅力的だったようだ。

人間界から魔界に加工した宝石を輸出しているので、持っていた方がいいとシセルが言っていたのだ。

(ありがとおぉぉぉぉ！)

心の中で愛しき妹シセルに感謝を叫んだ。

「あ……もしかして、魔界で仕事を見つけるのも難しい感じかな？」

ふと、人間に貸し渋るのなら、働き口を探すのも無理なのかなと思った。

「あー。そうですなぁ。人間は魔法が使えませんしな」

カエルの不動産屋さんが顎を撫でつつ唸っていた。ウィルになんの仕事がしたいのかと聞かれたので「定食屋かな」と言うと、それなら自分で経営すればいいと言われた。

「自分で？」

「ん。食べてみたい。カニグラタンとか色々と料理が出来るんだろう？」

（あぁ、そうだった）

前世の私が幼いころ、両親に連れられてよく行った定食屋があった。そこはおっとりとした老夫婦が営んでいて、私はいつも沢山のメニューの中からなにを食べようかと悩んでは、定食屋のおばあちゃんに相談していた。

高校生になったころに閉店してしまい、とても淋しく思うとともに、自分もこんな温かい定食屋を持ちたいなと思って進路を決めたんだった。

確かに色々できる。レシピはわりと頭の中に入ってる。前世での夢は、いつか自分でお店とか出してみたいなーって感じの軽いものだったけど、開業資金の貯金はしていたし、経営の方法とかを調べもしていた。

いきなりすぎるけど、魔界で定食屋開業もありかもしれない。

「ほほう。飲食店ですか」

カエル不動産屋さんがなにやら丁度いい物件があると言い出した。不動産屋さんから三分ほど歩いて到着したのは、お客さんが一〇人程度入れる、こぢんまりとした飲食店兼住宅という中古物件。キッチンはL字カウンターの六席と対面式になっていて、二人掛けのテーブル席が二つ。一人で回すには丁度いい広さだ。

転生したと気付いて『魔界で安全安心に暮らそう☆計画』をすぐに立てた。生きていくためにはどこかで働かなきゃと思っていたけど、店主という選択肢もありだなと思った。前世の知識があれば、たぶんできる気がする。失敗はするかもだけど、恐れて踏み出さなかったらなにも進まないし。よし、『魔界の食堂で安全安心に生活☆計画』に変更しよう。

「ここ、いいじゃない、気に入ったわ。買うわ！」

「ところで、本当に買えるんですかい？　ここ、一二〇〇万ウパですがね？」

このぽわんとした響きの『ウパ』は、いわゆる『円』だ。ありがたいことに、前世の私がいた日本の物価とほぼ変わらない。しかも人間界と魔界でも呼び方と形状が違うだけで、価値は全く変わらない。

これって前世でも読んだコミックの設定だったはず。とても理解しやすくてありがたかった。未だにコミックの内容はほとんど思い出せていないけれど、日常生活のことは大概が前世の記憶で賄われている。というか、ミネルヴァのときの記憶もあやふやなのがちょっと問題のような気はしている。

とりあえずそれは横に置いて、持っているお金と宝石類を確認した。

「宝石がいいのよね？」

「グゲッ。んあ、まあそう……ですな」

挙動不審に目玉をギョロギョロさせながら返事された。

（分かりやすすぎない？　商売人として大丈夫なのかな？）

人間界の宝石は魔界ではちょっとだけレアらしい。コミックでは書かれてなかった気がするけれど、この世界ではそんな扱いらしい。

「このダイヤがちりばめられたネックレスでどう？」

「まぁ、この家はそのくらいの価値ですな」

「そうね。そのくらいの価値よね。少しネックレスの価値が上回ってるから――」

店舗側にはテーブルなどが置かれたままだったので、そのまま使うことにする。居住スペースはなにもなかったのと、調理具等もなにもないので、カエル不動産に多少の利益を残しつつも、それらを揃えるよう細かく指定した。

「交渉が上手いですな。二時間ほどで配達と設置ができると思いますが、その間はどうされるんで？」

さてどうしよかと考えていたら、ウィルとフォン・ダン・ショコラがお腹が減ったと言い出した。さっきのカニを使った料理が食べたいらしい。カニ以外の食材がなにもないと言うと、それなら今から買いに行けばいいと言われ、不動産屋さんにお店の場所を聞いて向かうことになった。

紹介してもらったスーパーのようなお店で、生活必需な消耗品や食材を買い込んだ。荷物はウィルが全部ストレージに入れて運んでくれた。ありがたい。そして、その帰り道に食材を保管するために絶対に必要なものも買うことにした。それは『補充型魔石』だ。

この世界には元の世界で言うところの冷蔵庫は必要ない。店舗や大きなお屋敷には、冷蔵庫よりも断然便利な『時空停止保管庫』というものが併設されている。ただ、これを使用するためには補充型の魔石が必要で、使用頻度や使用する広さによって魔力の補充スパンが違ってくる。

この補充型魔石本体に一〇万ウパと魔力の補充に三万ウパ使った。これでおおよそ一ヵ月持つのだそう。つまりは、魔力補充が電気代みたいなものだった。

これは、普通の家にも言えることで、家の中の明かりや水道などは全て魔力補充型の魔石で管理出来るようになっている。

見た目は近世初期のヨーロッパだけど、生活のしやすさは私の生きていた時代よりちょっと不便かな？　という程度で済んでいる。

ちなみに、魔石本体は普通に使って一〇年ほど保つ。魔族なら誰でも魔力を持っていて、自分で魔石に補充できる。けれど、人間は魔力を持った者がかなり少ない。そのため、人間たちは魔界と魔石への魔力補充の契約をしている。

『謝礼のおまけとして、罪人を魔界の森に捨て、魔獣に餌やりをする』

私が魔界送りの刑になったのは、この契約の『おまけ』のせい。おまけで、魔獣の餌にされる予定だったのだ。

なぜその『おまけ』があるのかというと、魔族は魔獣を手懐けて戦闘に使ったり荷運びに使ったりしているのだけれど、定期的に餌を投入しないと、大型魔獣同士の狩り合戦が始まって、小型の魔獣が消え去るから。いわゆる、ちょっと人手が入った『自然保護区の野生動物の餌（人間）』みたいな扱いだ。

魔族は『まぁ、生き残れたらラッキーだし、街に来たら受け入れようぜ？』くらいにどうでもいいというか、相手にさえしていない感じはあるらしいとシセルが教えてくれたことを思い出した。

　店舗兼住宅に戻ると、既に頼んでいたものが届いていたので、カエルの不動産屋さんの納品書にサインをして見送った。

「よっと……」

　店の時空停止保管庫と毎回言うのは面倒くさいから、貯蔵庫って呼ぼう。三畳くらいの貯蔵庫の壁に魔法陣がある。その真ん中にカポッと魔石をはめ込むと、ぽんわりと庫内に昼白色の明かりが灯った。これが時空停止が効いている証らしい。

「未だに謎なのよね。生き物の時間は停止しないって」

「「がぅ？」」

　独り言ちたら、後ろにずっとくっついてきてたフォン・ダン・ショコラが返事をした。三頭が揃って首を傾げていて、ちょっと可愛い。

「これでいいか？」

「はい！　ありがとうございます」

　ウィルが買い込んだ食材をストレージから出し、貯蔵庫の棚に並べてくれた。ちゃんと種類別なうえに、綺麗に整列させてくれている。さてはA型だなと聞くと、魔界に血液型の概念はなかった。説明は出来る気がしないので、気にしないでの一言で終わらせた。

「さて、カニを使った料理ですよね」

キッチンに移動して手早く作れるものはなにかと考える。カニクリームパスタはすぐできそう。材料もさっき買ったものの中にある。

まずはニンニクと玉ねぎ、にんじんを細かく刻む。フライパンに油とニンニクを入れて少し火を通したら、玉ねぎとにんじんを入れて中火で炒めて全体に油をまぶしたら、弱火にしてときどき混ぜる。

その間にトマトをダイスカットにして、ウィルのストレージに入っていた焼きガニの脚を輪切りにしたものを受け取り、殻を外した。そしてもう一つのコンロでお湯を沸かし、パスタ麺を茹で始めた。

弱火に掛けていた玉ねぎたちがしんなりしたら、トマトを入れてよく煮立たせて牛乳とブイヨンを入れて混ぜる。ソースの縁がふつふつと沸き出したらそこにカニ身を入れて軽く混ぜて火を止める。そこにパスタ麺を入れて軽く混ぜたらお皿に盛る。

「はい、おまたせしました」

パスタ麺を湯がく前にウィルはどのくらい食べるかと聞いたら、大盛りの三倍くらいの量を言われた。普通のお皿に盛れなくて、大皿に盛って渡したものの本当に食べ切れるのかと心配になっている。ソースを多めに作っていてよかったとホッと息を吐きつつ、カウンター席に座っていたウィルにパスタを渡した。

「ん。美味い」

「「キャウン！」」

「ニンニクと玉ねぎか入ってるから食べちゃ駄目よ」

「「クゥゥン」」

「後で代わりにお肉焼いてあげるから」

食べたそうにしょんぼりしているフォン・ダン・ショコラにそう言うと、フレブル座りで尻尾をパタパタさせていた。

そんなフォン・ダン・ショコラの可愛さに癒されつつ、ウィルの横に座って私もカニのトマトクリームパスタをパクリ。

「んー！　我ながら流石ね」

「人間界では料理人だったのか？」

「いいえ、趣味ですよー」

「ふむ。面白い」

なにが面白いのか聞きたかったけれど、ウィルが黙々とパスタを食べているので諦めた。そして、食べ切れるのだろうかと思っていた大量のパスタは、ウィル一人で本当に完食してしまった。

「またくる」

ウィルがそう言った瞬間、パシュンと消えるようにいなくなってしまった。

なんだったんだろう。てか、瞬間移動できるんだ。魔法って本当に便利だ。

銀髪で真っ赤な瞳、枝分かれした角。頭一つ分高い背。芸能人のような顔立ち。なーんかどこかで見たことあるよなぁと考えていたけれど、フォン・ダン・ショコラが吠えながらキッチンとカウンターを行き来しているので、自分の分のご飯を作れと言っているんだろう。

「はいはい。お肉焼くから、ちょっと待ってね」

「「アウーン！」」

よしよしと頭を撫でてからキッチンに向かった。

第二章 営業スタイル決定

「よぉしっ！　これで完璧！」

「「ワフォーン！」」

家を買った翌日、生活必需品や食材、営業に必要そうなものを買い出しに行った。ここは王都でも外れの方だと聞いていたけれど結構栄えていて、様々なお店があった。フォン・ダン・ショコラとキョロキョロしながらお上りさん感満載で観光がてら買い出しをしては配達を頼んでいた。

夕方に配達を依頼したものが全て揃ってテンション爆上がり。いつから定食屋を営業しようかな？　と考えていたところで、ふと重大なことに気が付いた。

「あーっ！」

私、貯蔵庫を保管するだけの場所としてしか認識していなかったけれど、つまりは元の世界の物語に出てたマジック・バッグとかストレージとかいうチートアイテムなのよね。いろんな料理を大量に作っておいて、注文されたら貯蔵庫からすぐにできたて熱々を出せるってことじゃないの。なん今まで気付かなかったんだろう。

（あれっ？）

でも、作ったものはずっと温かいまま冷たいままだけど、お皿に盛って放置していたら、普通は埃とかは被るはずだし、表面が乾きそうな気がする。けれど、貯蔵庫ではそうはならない。

　そもそも、貯蔵庫に人が入っても息ができている。そして食材はいつでも新鮮なままだ。

「いやほんと、魔法だけは意味分かんないわ」

　ラップ的なものはこの世界にはない。埃が被らないとは分かっていても、どうしても気になる。大鍋で大量ストックを作って、注文受けたら盛り付けて出すようにするのなら気持ち的にはセーフかもしれない。でもオムライスとかはどうやって作り置きしようか。キッチンはカウンター席と対面式になっているので、パフォーマンス的な意味も含めて、お客さんの目の前で作るのもいいかもしれない。

　机上の空論だった計画が段々と現実的になり、予定と少し変わりつつもいい方向になってきた。

　今日はもう遅いから、ストック用の大きな鍋やボウルを追加で買い出しに行こうとフォン・ダン・ショコラに言って居住スペースに戻った。

◇◇◇

　魔界に来て三日目から定食屋のオープンに向けてストック作りを開始した。

　丸一日掛けて裏ごししたコーンポタージュスープ。

　更に、丸一日掛けて裏ごししたキャロットポタージュ。

　更に更に、丸一日掛けて裏ごししたビシソワーズ。

同時進行したビーフシチューとシチューとカレー。

汗だくになりながら焼いたハンバーグ。

何時間で包んでも終わりが見えなかった餃子。

汗だくになりながら揚げたコロッケ、トンカツ、エビフライ。

更に更に更に、漬け込みと二度揚げをしたことで、丸一日を費やした唐揚げ。

腕がちぎれるかと思った千切りキャベツ。

癒やしの手ちぎりグリーンリーフサラダ。

湯がいても湯がいても終わらないペンネと付け合わせの野菜。

炊きまくった白米と炊き込みご飯。

炒めまくったチャーハンとチキンライス。

癒やしのドレッシングと酢醤油作り。


――――ここまでで一週間も掛かった。

そうして、最大の癒やしであるデザート作りが今日。大得意のプリンとヨーグルトムースは既に作り終わっている。

今からアイスクリーム作りなんだけど、この世界には冷蔵庫や冷凍庫がなかったことを思い出して行き詰まっている。なぜないのかというと、氷魔法というものがあるから。

またもや立ちはだかる魔法。

「はぁ、氷魔法かぁ。誰か使える人に頼まなきゃだけど……」

魔界に来て一週間ちょっと。なんとなく分かってきたのは、人間はとてもか弱い存在であること。雇うにも無能だからなんの役にも立たないと思われていること。その下で働こうと思ってくれる魔界の住人はほぼいないということだった。

「「クゥゥン」」

「うんうん。なんか心配してくれてるけど、キッチンには入ったら駄目」

「「わうぅぅ」」

魔族や獣人がいるんだから店内は気にしないけど、流石に子犬なケルベロスがキッチンに入るのは、衛生的に駄目かなという理由なんだけど、それをフォン・ダン・ショコラに言うと、ちょっと不服そうに吠えられる。

とりあえず、氷魔法を使える人を探してちょっと高くてもいいから頼まなきゃねと独り言ちていると、フォン・ダン・ショコラがワフワフと吠えながらお店から飛び出して行ってしまった。

フォン・ダン・ショコラのあとを慌ててついて行くと、急に水色の髪の隙間から白いうさ耳を生やした青年に体当たりをカマして押し倒した。

「うげっ！　ケルベロスがなんでこんなとこにいんだよ⁉」

「「グルルル」」

「ワフ！　ワフワフ！」

フォンとダンが青年の服をガッチリと咬み、ショコラが私に向かってなにかを言っている。

「ねぇ、もしかして氷魔法とか使えたりする？」

青年の顔がみるみるうちに真っ青になり、コクコクと頷くばかりだった。私がどこぞのヤンキーのような座り方をして、青年と目線を合わせたせいじゃないと信じたい。だって、「金色の瞳が綺麗ね」って微笑んで褒めたもの。

◇◇◇

「いやぁ、しかし、運命的な出逢いだったね！」

とっ捕まえた直後に色々と説明をして賃金を払うこと、ご飯を出すことを条件に、デザート作りの要である冷却を手伝ってとお願いしたら、了承してくれた。

フォン・ダン・ショコラにはあとでご褒美あげなきゃね。

「運命的でたまるか！　完全に災難だよ！　人間って怖ぇぇぇぇ」

「『わっふぅー』」

「まじかよ……怖っ」

うさ耳青年ことヒヨルドは、見た目はひょろっとしていて、ちょっと力を入れたら折れてしまいそうな美青年。たぶん、お姉様方が庇護欲を溢れさせて囲ってしまいそうな見た目。でも、口が悪かった。あとなんか雑さが凄く滲み出ている。

でも、カウンターの向こうでワフワフとなにかを言うフォン・ダン・ショコラとなにやら楽しそうに会話している姿は素直な少年っぽくもある。

「ねぇねぇ、みんななんでケルベロスと会話出来るの？」

「あ？　魔力込めて話せば伝わるだろ？」

「あ………なるほど」

つまりは、私には一生無理なやつか。残念だけど仕方ない。種族の壁は越えられないから。

フォン・ダン・ショコラは、私が魔界の森で魔獣たちをバッタバタとなぎ倒していた話をしているらしい。ヒヨルドがカルキノスって食べれたのかとか、どんな味なんだとか、フォン・ダン・ショコラに聞いている。

「よし！　できた！」

「やっとかよぉ。マジで腹減ったんだけど！」

「はいはい、ありがと。カウンターに座って待ってて」

貯蔵庫に行き、少し深みのあるお皿にご飯とカレーをよそう。ヒヨルドに差し出すと、目を丸くされた。

「え、めっちゃいい匂いがする！」

この世界には普通にカレーがあったはずだ。

コミックの中でヒロインである妹のシセルが、お忍び下町デートで『一度食べてみたいと思ってたんです』とか言うセリフがあったのを、カレーを作っている最中に思い出したから。

もしや、ヒヨルドは一般的なものも食べれないほどに貧しいとか!?

（いや、まさかね？）

ヒヨルドの服装から貧しさは感じられない。むしろおしゃれだ。流石にそんな格好でご飯に困ってはないわよねと疑りながら、ガツガツとカレーを食べている姿を眺める。ちなみに既におかわり三杯目だ。ヒョロッとした体なのに、こんなにもよくまぁ入るものだ。

「いや、魔界にも、カレー、ある……けど、さ。これ……」

「口にものを入れながら喋らないの！」

「オカンかよ」

「普通にマナーでしょうが！」

「……あぁ、まぁ確かにな。ごめん」

ヒヨルドが咀嚼を終えてから話した内容によると、魔界にも人間界同様の料理があるそうだ。だけど、私が作ったカレーは見た目も味も全然違うらしい。

初めは野菜が入ってないんだなと心の中で思ったけれど、食べたら凄かったとヒヨルドから言われた。

「コク、深みっての？　あと、こう……ビリッとくる辛さ！」

「ふむふむ」

こっちのカレーは確かゴロゴロお野菜系だった気がする。私はインドとかネパール系のカレー屋さんによく行ってたから、そっちばっかり作るようになっちゃったんだよね。

もう一杯おかわりと言われたので、ゴロゴロ系が食べ慣れてるのなら具材を足してあげようと思って、唐揚げを三個のせて渡してみたら「なんだコレ⁉　肉を揚げてるだけなのか？」と騒ぎながらもペロリと食べてしまった。あとなぜか、トロンとした顔をしている。食べすぎて眠くなったのかと聞いたら違うと言われた。

「あー……なんか、魔力が補充されて気持ちいい感じなんだよ」

「魔力が補充？」

「魔族が魔力を補充する方法はいくつかあるけど……心底満足するものを食べたときの回復率が一番大きいんだよ」

「ほほう？」

よく分からない感覚だけど、とにかく満腹で満足になったらしいというのは分かった。

「それから、魔族って結構大食いだぜ。店に出すやつはもっと多めにしとけよ？」

「マジか」

「マジだ」

魔族は、飲食店では大盛り飯一択が基本らしい。

これはストック作りをもう一周すべきかもしれない。結構にデスマーチしたけど、ここでサボると大変な目に遭うのは結局私だもんね。

「魔法通信で連絡くれたら、また手伝ってやるよ」

「……フォン・ダン・ショコラを迎えにやるわね」

「嫌がらせかよ！」

物凄く怒られた。

そんなこと言われても、私には魔法通信なんてできない。

そもそも人間に魔力がないからね。フォン・ダン・ショコラなら、なんか匂いを覚えていて、どこまでも追いかけてくれそうだもの。

「ケルベロスだから……まぁ、出来るけどな……」

結局、ヒヨルドは四日後にまた来てくれるらしい。

それなら明日も手伝ってよ、と言ったら明日は仕事があるから無理だと言われた。ちゃんと働いていたらしい。無職疑惑は消えた。

「お前！　失礼すぎるだろ！」

「てへっ」

「そんな仕草しても可愛くねぇよ！」

ちょっと小首傾げただけなのに酷い。ヒヨルドはそのあともなにやらギャーギャー言いながら帰っていった。

店の入り口で手を振って見送っていたら、ちょっとだけ振り返してくれた。可愛いとこあるな。

「さて、ストック作り二周目、頑張りますか！」

「「わふぅーん」」

言葉はあまり通じていないフォン・ダン・ショコラだけど、こういうときの合いの手みたいな返事は嬉しい。

ヒヨルドも捕まえてくれたし、今日のご飯は大きな骨付きお肉にしてあげよう。

◇◇◇

「約束を果たしに来た」

ストック作り二周目、ヒヨルドとの約束の日。

約束の時間になって現れたのは、ヒヨルドの見た目をした謎の人物。白うさ耳の青年なのに、謎の尊大さと、謎のバリトンボイス。

「……誰よ⁉」

「ヒヨルドだ」

堂々と言い張られた。

「いや、絶対に違うし！」

まず話し方が違う。あとヒヨルドは金色の瞳だったのに、偽ヒヨルドの瞳は赤い。

「「クキューン」」

「あっ！　駄目っ！」

明らかに怪しい謎の人物にツッコミを入れていたら、フォン・ダン・ショコラが偽ヒヨルドの足元に近付いて行き、ぺしょりとフレブル座りをした。

「ん、元気にしていたか。少し成長したようだな」

謎の人物はヒヨルドの姿で仁王立ちし、顎に右手を当ててなにやら感心している。

「いやほんともう、誰よ⁉」

「ん？　俺だが？」

偽ヒヨルドの姿がグニャリと歪んだかと思ったら、銀髪黒角のウィルが現れた。

「いやいやいや、どういうこと⁉」

「人間が定住して定食屋を開く。その手伝いの約束をしたから行かなければならないとヒヨルドから聞いてな。新たな人間はお前ぐらいだろうなと思っていたんだが……」

なにやら緊急の仕事を回したら、ヒヨルドが私のところに行くからと仕事の代理を探していたらしい。

ヒヨルドにツッコミたい。逆でしょ、逆って。普通は私のところに行く代理を探しなさいよ。もしくはごめんねって言うだけでいいでしょうに。なんで仕事を断ろうとしていたのよ。

「ふむ。まぁ、そうだな。で、俺が来た」

「………なぜにヒヨルドの格好で？」

ヒヨルドが自分じゃないと警戒されるから！　とか粘ったらしく、じゃあお前の格好で行くからいいだろう、仕事に行け。となったらしい。

だからってヒヨルドに変身してきた意味がよく分からない。

「で、氷魔法でなにをすればいい」

「手伝ってくれるの⁉　ありがとぉ！」

「ん」

じゃあ早速……とお願いしたら、驚くほどに冷却が上手かった。

ヒヨルドに手伝ってもらっていたときより格段に出来上がりが早い。冷却温度が一定で作りやすいというのもあった。

「普通の魔族にここまでの一定放出は難しい」

「ウィルは普通の魔族じゃないってこと？」

「……」

普通じゃない魔族ってなんなんだろう？　ウィルが言うから気になって聞いたのに無視された。

「はぁぁぁ、終わった！　ウィル、本当にありがとう」

「あぁ、なかなか面白い体験だった。飯を出せ」

「それが目的か！」

偽ヒヨルド姿で来た理由がなんとなく分かった。

手伝ったら食事が食べられるが、ヒヨルドが約束したからヒヨルドじゃなければならない。ヒヨルドの姿なら約束が不履行にはならないはずだ。とかいう思考っぽい。

「ヒヨルドが食べたカレーがいい」

「はいはい、用意しますんでカウンターで待っててくださいね」

「ん」

ウィルが素直にカウンターに座り、こちらをじーっと見つめて待っている。なんだろうな……

大型の狩猟犬みたいな人だなぁ。だからフォン・ダン・ショコラが懐いてるのかな。

　ウィルがカレーを黙々と食べる姿を見つめる。この前もだったけど、食べ方が貴族的な綺麗さがある。あと、ヒヨルドの倍食べた。どうしよう。これ、ストック作り三周目のフラグなのかと戦々恐々となった。

「ん……なるほど」

　なにがどう『なるほど』なのか分からないけれど、美味しかったらしいということだけは分かった。

「いつから店を開く？」

「えー？　ストック作りは、これで終わろうと思ってましたけど……みんなこんなに食べるんですか？」

　ウィルの態度がでっかい。だからなのかは分からないけれど、つい丁寧に話してしまうという、謎の現象が発生している。

「……魔力の減り方にもよる」

　なぜかプイッと顔を背けられてしまった。ちょっと耳が赤い気がする。あれか、食べすぎてたのか⁉　なんだ、可愛いじゃんよ！　とニヤニヤしていたら顔が煩いと言われてしまった。

「酷いわね。んー、明日はお休みして、明後日から営業開始にします」

「ん。分かった。またくる」

　ウィルはそう言うと、またもや目の前からパシュンと消えてしまった。

「あれって、瞬間移動よね？」

「ワフッ！」

なぜかフォン・ダン・ショコラがドヤ顔をする謎。瞬間移動って物凄く魔力を消費しそうだけど、本当にウィルって何者なんだろうか。謎が多すぎる。

結局、初日の営業で食材の減り方の感覚を掴んでから、三周目のストック作りをすることに決めた。

「ということで、今日はお休みにしてのんびり過ごします」

「バフゥ！　バウッ！」

「おお、喜んでるねぇ」

フォン・ダン・ショコラが尻尾をフリフリしながら足元をぐるぐると回転して可愛かった。

居住スペースはダイニングとリビングが別部屋になっていて、結構広い。前世の感覚だとちょっとびっくりしてしまうかも。ちょっと前までご令嬢として大きなお屋敷に住んでいたから、多少は慣れた気もするけれど。

リビングのソファに寝転がり、本をペラリと捲りながらのんびり休日を満喫。足元ではフォン・ダン・ショコラがそれぞれでプスプスと変な鼻息を立てて寝ている。物凄く温かい。湯たんぽとしても最高じゃないの。

起き上がって紅茶を飲んで、クッキーをひと齧りしてふとあることに気が付いた。

「あ……そういえば」

「「ヘフゥゥン？・」」

「ごめんね、起こしちゃったわね。寝てていいわよ」

寝ぼけて返事をするフォン・ダン・ショコラの頭を撫でながら、宣伝などを一切していなかったけれど大丈夫だろうかと考えた。

お店の名前は『ルヴィ食堂』に決めたし、オープニングセールの内容も決めていた。メニューも店内の壁にある黒板に手書きしていたけれど、肝心のアピールをすっかり忘れていたのだ。近隣店舗への挨拶もしていなかった。不動産屋さんいわく、出店申請とか営業許可とか特に必要ないと聞いていたので、そこら辺のことをまるっと忘れ去ってストック作りに没頭してしまっていた。

「ま、時既に遅しよね。明日考えましょ」

この楽天的な考えのせいで、翌日の夜に私は『計画的に行動しましょう』という言葉をこれでもかというほどに実感するのだが、このときはまだ知らないので、のんびりとクッキーを食べながらフォン・ダン・ショコラを撫で続けていた。

第三章　本日開店です！

朝起きて、身綺麗にして、店内外の確認。

「清掃よし！　お皿の準備よし！　レジよし！　看板よし！」

「「バウッ！」」

十一時、魔界で『ルヴィ食堂』の営業開始である。

お店の前に立ち、お客さんの呼び込みをしてみることにした。

「ルヴィ食堂、本日オープンです！　本日は特別価格！　定食は全て半額ですよー」

ルヴィってどこから出てきたのかって？　名前がミネルヴァだからルヴァと迷ったけど、ルヴィの方が語感がよかった。まさかのそれだけっていうね。

「来たぞ」

パシュンと目の前に現れたのは、ちょっと見上げるくらいの白うさ耳の美青年だった。目が赤いから偽物か。

「なんで、偽ヒヨルド⁉　ややこしいから止めてよね。いらっしゃいませ！」

「それは……歓迎しているのか？」

歓迎してるに決まってるじゃないの。まさかの第一号が偽ヒヨルドというかウィルだったことにびっくりしているだけだ。今日開店するって宣言していたから、来てはくれるんだろうなとは思っていたけれども。

というか、なんで偽ヒヨルドの姿なのかと聞くと、色々と都合があるかららしい。よく分からないけど、聞いてほしくなさそうだったから、突っ込むのは止めた。ただ見た目がややこしいかどうにかならないのかと聞いたら、溜め息を吐きつつウィルの姿に戻ってくれた。

「ヒヨルドじゃないだけでよかったんですけど？」

聞けば、私だけに本当の姿が見えるようにしたのだとか。余計にややこしいことになっていたけど、流石にこれ以上わがままを言うのも気が引けたので、まぁいいかと受け入れた。

「ほう、メニューは壁のところから選ぶのか」

たぶんこのお店は、元々バルのようなものだったんだと思う。壁が黒板になっていたのでそこに定食メニューを書いた。

絵はあまり描けないので、簡単な説明文も付けておいたから、どんな料理かはなんとなく分かるとは思う。

「またカレーが食べたいが……唐揚げ定食というものも気になる………」

「唐揚げ定食のご飯をミニカレーにしましょうか？」

「ん！」

まぁ、これくらいはサービスしてあげようかな。一人目のお客様だし。次からはしっかりと追加料金もらうけど。なんて考えつつ唐揚げ定食の準備。

定食のご飯とおかずの量は、前世の倍盛りくらいにしておいた。なので、普段は一〇〇〇ウパ。

これでもかなり安い方だとは思う。

定食屋といえば、薄利多売。私の勝手な印象だけど。それなのに、今日はなんと半額なのだ。今日はどれだけ売れようとも利益は出ないけれど、初日はお祭りみたいなものだし、アピールするならこれくらいはしたい。

ウィルにお水を出して、唐揚げ定食の準備。千切りキャベツに特製ドレッシングを掛けて、唐揚げは八個。白ご飯はカレーにして、スープはキャロットポタージュ。

お盆にのせてウィルに渡すと、勢いよく唐揚げに齧り付いていた。

「む……これが、唐揚げか…………」

ザクッ、ザクッザクッとウィルが咀嚼する音だけが響く。唐揚げか……の続きが気になるんだけど一向に喋る素振りを見せない。

無言のまま食べ続けるウィルを眺めていたら、カランカランとドアベルが鳴り響いた。

「のぉ、外に書いてある五〇〇ウパってのは本当かい？」

どことなくナマズっぽい見た目の、少し背が低いおじいちゃんが入ってきた。二人目のお客さんのようだ。

「はい！　黒板にある定食は今日はどれでも半額の五〇〇ウパですよー！」

「ほほぉ？　食べてみるか。どこに座ったらいいかね？」

「ありがとうございます！　カウンターのこちらにどうぞ！」

ウィルと一席空けた場所を案内した。

　ナマズなおじいちゃんが黒板を見つつ、ウィルを見る。たぶんおじいちゃんに見えているのは、ヒヨルドの姿なんだろうけど。店内には、ザクッ、ザクッザクッと唐揚げを咀嚼する音だけが響いていた。ウィルのせいなのか、カリカリ唐揚げにしたせいなのかは分からないけれど。

「唐揚げ、おかわり」

「流石に追加料金取りますよ？」

「ん。いい。おかわり」

「じょ、嬢ちゃん！　ワシもその青年と同じものを！」

　定食はカレーじゃなくて白ご飯になると伝えたら、唐揚げがどうしても気になるから構わないとのことだった。唐揚げを八個、山なりに盛り付けて二人に渡した。

　ナマズのおじいちゃんはにこにこで、ウィルは真顔で受け取ると、仲よく同時に唐揚げを食べ始めた。

　ザクザクハーモニーを聞きながらボーッとしていたら、三人目のお客さんが入ってきた。「外の看板はマジなのか？」とのことだった。

　入り口横で寝そべっているフォン・ダン・ショコラに軽くびっくりしていたけど、日向ぼっこしてねむねむになっているペットなので無視でお願いしたい。

「はーい。マジですよー」

「おい！　マジだってよ！　食ってみようぜ！」

　店外に向かってそう言うと、四人目のお客さんを連れてきてくれた。背中に小さな黒い羽が生えている男女の二人組みだ。テーブルに案内すると、女性が怪訝な顔をしてこちらを向いた。

「ねぇ、本当に五〇〇ウパなの？　変な食材使ってない？」

「大丈夫ですよー。オープン初日の特別価格なだけです」

ニコッと笑ってそう答えると、女性は少しだけ気まずそうに「それならいいわ」と返事した。

反対に男性はニヤニヤしている。顔がなんとなく似ているから兄妹か姉弟かもしれない。

二人は黒板のメニューを見つつなにやら話し合っていた。どうやら別々のものを食べたいらしい。男性はハンバーグ定食、女性はコロッケ定食を注文してくれた。

どっちにもキャベツの千切りを盛り盛りしつつ、ふと思う。この世界にはお箸も流通しているから、キャベツの千切りが食べやすくて助かる。だけど、みんなどっちを使うか分からないからフォークとナイフ、お箸の三つをお盆にのせる羽目にはなってるけど。

「……へぇ！」

「わぁ！　いい匂いがする……」

定食を運ぶと二人とも笑顔になった。「はんぶんこしようか？」なんて話している。うんうん、二人でくるとそういうのもできるからいいよね。と微笑ましくなった。

「では、ごゆっくりどうぞ」

二人に挨拶してキッチンに戻ると、ウィルが唐揚げ定食を食べ終えて待っていた。

「美味かった。またくる」

そう言ってカウンターに一〇〇〇ウパを置くと、また瞬間移動で消えて行った。

「転移魔法じゃと⁉」

「珍しいんですか？」

ナマズのおじいちゃんがびっくりしていたので聞いてみると、かなりの魔力保持者じゃなければ、おいそれと使えるものじゃないとのことだった。

見た目でも横にいても分からなかったが、「まだ若く見えたが、物凄い御仁なんじゃな」と感心していた。

「ウィルって何者なんだろ……」

「知り合いじゃなかったのか？」

ポロッと口が滑ったら、おじいちゃんに拾われてしまった。

なにかの理由があって変装しているらしいと話したら、おじいちゃんが難しい顔になり、「ふむ……これは探らぬが身のためじゃ。嬢ちゃんも探らんようにな」とか言い出した。偽ヒヨルド姿だけど声も瞳も違うから、そこまで細かなところに気を使っていないと思っていたからこそツッコミを入れていたけど、実は変装もかなり魔力を消費するらしい。

「ふぅ。美味かった！　こんなに美味い飯は初めてだったよ。ごちそうさん！」

おじいちゃんから五〇〇ウパを受け取り、入り口でお見送り。去り際にもうちょっと堂々と宣伝しろ、知り合いには声をかけてやるからな！　とワーワー言いながら足早に去って行った。

「美味かったぁぁぁぁ！」

黒い羽を生やした魔族の男の人がお腹を擦りながらそう言うと、連れの女性が満面の笑みで頷いていた。

「うん。凄く美味しかったね。別のも食べたいなぁ」

二人から明日も営業しているのか聞かれたので、「もちろん！」と笑顔で答えた。また食べに来てくれるらしい。

（ルヴィ食堂、なかなか順調な滑り出しね！）

営業開始一時間で四人のお客さんが来てくれた。なかなか順調じゃないかな、なんて自画自賛しながら下げたお皿を洗っていたら、次のお客さんが来店した。

頭にタオルハチマキみたいなのを巻いた厳つめ建設作業員風の魔族だった。ナマズおじいちゃんにおすすめされたそう。

おじいちゃん、早速宣伝してくれたらしい。とてつもなくありがたい。

「唐揚げをすすめられたんだけどさ、辛いカレーってのの？　俺はそっちの方が気になるんだよな」

「カレーにはトッピングが出来ます。ミニ唐揚げ二個で一〇〇ウパですよ」

トッピングは色々と用意した。

ミニ唐揚げはもちろん、コロッケだったり、ミニハンバーグ、目玉焼き、チーズ、などなど、各一〇〇ウパ。そう伝えると、建設作業員風のお兄さんの青い瞳がギラリと光った。

「唐揚げのトッピング追加でっ！」

「はーい、かしこまりました」

お兄さんはカウンターの中央にドカリと座り、まだかといった雰囲気でキッチンを覗き込んでくる。

急いで唐揚げも盛り付けて出した瞬間と、彼がスプーンを握ったのは同時だった。そして、そのあとも凄かった。カレーが消えていくのだ、恐ろしいほどの速さで。昔、『カレーは飲み物です』ってどこかで聞いたなぁなんて、ぽやんと考えているうちに、お兄さんは唐揚げをトッピングしたカレーを全て食べ終わっていた。

「………フハァァァ」

大きくて長い溜め息。これはどっちの意味なんだろうか……と不安になっていると、お兄さんがニカッと笑った。

「美味かった。こんなに美味いもの、久しぶりに食べた」

「わぁ、よかったです！」

ホッとしたとともに、心がポワンと温かくなった。美味しかったという言葉って、こんなにも嬉しいものなのかと実感。

そのあと、何人ものお客さんが来店してくれた。ヨルゲンから聞いた、ヨルゲンにおすすめされた、なんて話しながら。

ヨルゲンさんって誰だろうとは思ったものの、おしゃべりをする暇があまりなかった。少し暇そうだったら夕方手前くらいの二時間を休憩時間にしようかと思っていたのに。ついでに仕込みとかできたらいいなぁ……とか、あわよくば感もありつつで。

ところがどっこい。ありがたいことに、長めの休憩時間を取る暇もないほどに忙しかったのだ。閉店予定の二〇時。定食屋だし、一人での営業なのでこの時間にしていたけど、正解だった。

「つ、つかれたぁ！」

「「わふぅぅぅ」」

夕方、まさかのお昼に来たお客さんのリピートもあって、オープンの今日は原価を下回っている金額設定だったけど、トッピングや追加注文のおかげでかなりいい売り上げになった。

明日からは定価に戻すけど、どれだけのお客さんが常連さんになってくれるかな？　なんてドキドキワクワクしつつ、最後の一踏ん張り。お皿を洗って、店内の拭き掃除。

「フォン・ダン・ショコラ！　家に戻るよー」

「「わふぅん！」」

居住スペースでフォン・ダン・ショコラと一緒にご飯を食べて、お風呂に入って、ベッドにダイブ。お嬢様をしていたころには一切感じなかった、肉体労働での疲労困憊。それなのに、とても懐かしい感覚。

前世のことを思い浮かべる。

調理専門学校を出たあと、地元でスーパーを展開している企業に就職した。細かいところまでハッキリとは覚えてないけれど、お惣菜コーナーに出すものを作りつつ、新商品の開発もしていたような映像が頭の中にある。そうそう、お昼は手作りのお弁当を食べながら、夜ご飯になにを作るか料理サイトを眺めたりしていたんだった。あと、ネットで好みのコミックを発掘するのが楽しみだった。

「問題はそのコミックの内容なのよねぇ」

「「わふぅ？」」

シセルとのお茶会のときに気絶してから、記憶が細切れになって色々混ざってしまったままだ。ときどきふと前世を思い出すけど、未だに全体に靄が掛かっている感じがする。

とりあえず、はっきりしていることを考えよう。

今生での目標は、『魔界の食堂で安全安心に生活☆計画』だ。ほどよい疲労とそこそこに余裕のある収入、美味しいご飯が食べられて、安全安心に毎日楽しく生きること。

貴族みたいな雁字搦めの生活は性に合わなかった。

「フォン・ダン・ショコラ、毎日楽しく働こうね！」

「「わっふぅ！」」

「まぁ、フォン・ダン・ショコラは特になにもしてないんだけどね」

クスクスと笑いつつそう言うと、三頭ともガーンといった顔をして、ぺしょりとフレブル座りになった。いてくれるだけでいいのよと笑いながら頭を撫でると、尻尾がパタパタと揺れていた。

そういえば、前世でフレンチブルドッグとか豆柴の動画をよく見てたなぁ。可愛かったなぁ。

成体のケルベロスの顔はちょっと怖かったけど、フォン・ダン・ショコラは凄く可愛い。

「ねえ、それぞれ思考は別なのに、身体は一つじゃない？　フォンが右に行きたくて、ショコラは左に行きたい場合って、どうしてるの？」

「「わふぅ?」」

三頭ともに首を傾げられた。

前世ではペットと明確な意思疎通が出来ないのは当たり前だった。この世界では魔族は魔力を使って意思疎通ができるのが当たり前。そしてフォン・ダン・ショコラは、私の言っていることは理解出来ているようだった。私だけが分からない。

「いいなぁ、魔法とか魔力。使ってみたいなぁ」

「「わふぅー!」」

なにかやる気に満ち溢れている感じの吠え方をされたけど、ケルベロスって魔法を使えるんだろうか。明日誰かに聞いてみるのもいいかもしれない。

「「わっふわっふぅぅ!」」

「もぉ、なにを話してるか分かんないんだってば! 明日ね、明日!」

「「わふぅ……」」

フォン・ダン・ショコラにしょんぼりされてしまったものの、寝るよと声をかけると尻尾を振ってついてきてくれた。

(こういう反応、可愛いのよねぇ。話せるようになるといいのになぁ)

◇◇◇

朝起きて少しのんびりしてから、営業二日目の開店準備。

「さぁ、お店開けるよー」

「「わふぅ！」」

昨日来店してくれた建設作業員風のお兄さんと、連れのおじさんの二人組に、ケルベロスについて聞いてみた。

「あぁ。ただ、まぁ……………ケルベロスは、なぁ？」

「へぇ！　魔法を使える子もいるんですね！」

「いやまぁ、ケルベロスはなぁ？」

二人は唐揚げをもりもりと食べつつ、顔を見合わせて同じことを言って苦笑いしていた。

「なんですかその『ケルベロスはなぁ』って」

「いやぁ……ケルベロスは毒吐くからさぁ」

「はぁっ⁉」

（毒っ⁉　毒を吐くの⁉）

定食屋にいるペットが、毒持ち？　それって大丈夫なのかと聞いたら、更に苦笑いされた。そこそこに微妙な気持ちらしい。

「だけどまだ小さいから、セーフかなぁ？」

「そういう判断基準⁉」

子ケルベロスの場合、まだ致死毒ではないから、らしい。

魔界に住む者の知識として、ケルベロスは毒持ちだが子ケルベロスは弱毒で死には至らないというのは常識だろうと言われた。

「この常識っているの？」

「いるだろ！」

「いるいる！」

他にも二人のお客さんがいたけれど、全員が基礎知識だと言い切った。本当かなぁと首を傾げたものの、みんなが本当だと頷いているのでちゃんと覚えておこうと心のノートにメモした。

営業二日目は、少し時間の余裕もあったので、お客さんたちから魔族の常識を聞きつつ営業していた。

「いらっしゃいませー。何名様ですか？」

「三人だ」

「はーい、こちらにどーぞ！」

なんとなく不機嫌そうな雰囲気の男性三名様をテーブル席に案内した。ちょっと高そうなスーツを着ている。大衆食堂には来そうにない見た目だなぁ、なんて考えていた。

「なんだここは⁉　一人一人にメニューを渡さないのか！」

「壁に書かれているものを読めってことだろう？　バカにしている！」

「全品五〇〇ウパだと聞いてきたら……詐欺じゃないか！」

席に着いた途端、急に大きな声で怒鳴られてしまった。

「店内に犬――――い、ぬ？　ケルベロス⁉　どど動物を店内に入れるなどっ！」

そんなこと言われても、獣人系の人とかいるし……別に店内にいるくらいはよくないかな？　あれ？　ドッグカフェ的な感じであり寄りにしてたけど、もしかして駄目なパターンなんだろうか。

「「グググルルル、ヴヴヴ！」」

「あっ……」

店の入り口でプスプスと寝ていたフォン・ダン・ショコラが、ムクッと起き上がって唸りながらこちらに駆け寄ってきた。そして、なにやらクレーム盛々な三名様の足元に立つと、力いっぱいに吠えた。

「「グォワゥッ！」」

三頭とも激しく牙を剥いて、まるで今すぐに咬み付くぞとでも言わんばかりだ。

「「ヒィッ！」」

「え、あ……またおこしくださーい……？」

クレーマーっぽいお客さんは、三人ともバタバタと走って出て行ったけど、なんだったんだろうか。

フォン・ダン・ショコラって結構役に立っている気がする。ただただ可愛い子犬じゃなかったのね。番犬もできるなんてなかなか優秀なのかもしれない。

「いくら小さいとはいえ、認識が子犬なのは可哀想！」

なぜか店内にいたお客さん全員から、フォン・ダン・ショコラが慰められていた。

「いやいや、かなりの安全確保になっているからな？」

ケルベロス一体いるだけで、泥棒はおろか、ああいったヤカラも排除できるそう。しかし、ケルベロスは一般的に手懐けることはかなり難しい。なので従魔師はかなり貴重なのだとか。

（従魔師ってなんだろう？）

新たな単語と職業のせいで頭の上にハテナが出そうだけど、とりあえず今覚えることは一つでよさそう。フォン・ダン・ショコラは番犬としての立ち位置を手に入れた！　ってことよね？

◇◇◇

「……やっと来れた」

営業開始して一週間、久しぶりに本物のヒヨルドが来た。

上司の無茶振りな仕事をこなしていたらしい。なんだかとても疲れている様子だ。うさ耳の毛艶があんまりよくないような気もする。

「上司が迷惑かけてごめんな」

「いいよー。お仕事お疲れさま。ていうか、なんでウィルはヒヨルドの格好で来たのかな？」

「あー。魔……ん？　あ？　知らねぇの？」

「「わふん！」」

「まじか」

ヒヨルドがなにか言いかけた途中で、フォン・ダン・ショコラがなにやらワフワフと話しかけていた。そしてなにやら解決したらしい。

私には全く分からないんだけども。


そしてその翌日、またヒヨルドが来た。

「今日も来たの？　いらっしゃい」

「今日も？」

声が低い。そして目が赤い。

（あ、これ、偽ヒヨルドだわ）

「そっちかーい！　もぉ、普通の姿で来てよ」

「……ん」

シュルリと銀髪黒角の本当のウィルの姿になった。白いシャツに黒いズボンというラフな格好なのに、妙に気品が漂っているのはなんでだろうかと首を傾げつつ「紛らわしいから、偽ヒヨルドは止めてよね」と再度お願いすると、ウィルが真顔で「ん」とだけ返事したあと、黒板のメニューを見ていた。

本当に分かってくれたのかは謎だ。

「カレーと唐揚げ単品」

「はーい！」

カレーはやっぱり外せないけど、唐揚げという選択肢も捨てられなかったらしい。ザックザクと軽快な音を鳴らしながら唐揚げを無言で食べているウィルを見ていると、なんだか笑みが溢れてくる。仕事はなにをしてるか分からないけど、凄く大変なんだろうなというのは伝わってきていた。本物のヒヨルドがヘトヘトだったということは、上司らしいウィルも大変だったんだろう。

「やほー！　オムライス定食おねがーい」

「はーい！」

最近毎日のように来てくれる、近所の洋服屋さんで働いている鬼人のお姉さんはオムライスに大ハマリ。対面キッチンで卵を焼く様子を見るのが気に入ってるんだとか。

熱したフライパンにバターを引いて、卵液をドバーッ。ジュワジュワぷくぷくと卵が少しだけ騒ぎ出したら中火にする。

菜箸でフライパンに広がった卵の向こう側とこちら側を、フライパンの中心にギュッと寄せてつまむ。すると、少しだけ焼き固まった部分がリボンのような形になる。けれど、まだ焼けてない部分はジュワーッとフライパンの空いた部分に流れ出す。卵を中心でつまんだままフライパンを九〇度横回転させると、卵にドレープが寄ったようにフライパンの上を滑る。そのまま緩い卵がほんの少しだけ焼き固まるのを待つ。

そうしてもう一回、フライパンを九〇度横回転させる。表面はまだしっとりジュクッとしているけれど、これで大丈夫。ゆっくりとチキンライスの上に移動させて、シュルリ。

　ドレスオムライスの出来上がり。

「きゃー！　いつ見ても上手よねぇ。凄く可愛い！」

「あはは。ありがとうございます」

　お姉さんに渡すといつも大喜びしてくれる。

　こういうとき、定食屋を始めてよかったなぁ、と思える。定食屋経営をおすすめしてくれたウィルには感謝だ。

　ちなみに、オムライスはしっかり焼きの玉子シートタイプと、オムレツを切り開くタンポポタイプと、このドレスオムライスタイプの三種類の中から選んでもらっている。

　ビーフシチュー、クリームシチュー、カレーなどをソースにする場合は、追加で三〇〇ウパ。

「…………オムライス？」

　ウィルがお姉さんに渡したオムライスをガン見している。物凄く、ガン見している。ウィルって結構背が高いから、座っていても上から覗き込むようなかたちになってしまう。じっと見られているからか、お姉さんの怪訝な顔が徐々に青くなり出してしまっているので、助け舟というかウィルの気を逸らせた。

「次はオムライスにしてみます？　カレーも掛けられますよ」

「ん……する」

　こくんと頷く仕草は美丈夫な見た目には合ってないんだろうけど、少し幼く見えて可愛かった。

第四章　食べたいなら、作るしかない

ルヴィ食堂を始めて、一ヵ月。わりと平和に営業している。

ストックは結構早くになくなるので、ゆるゆるっと毎日のようにストックを作るようにした。

休みは毎週水曜日。休みの日は基本的に休むようにしているけれど、ストックが怪しいときは午前中だけ働いてみたりもしている。

今日もソレ。

「あっつーい」

「「わふぅ？」」

唐揚げを揚げまくっているから、汗が滝のようにダラダラと流れてくる。誰も来ないからいいだろうと、頭にタオル巻いて、袖は肩まで腕まくりしてみた。

季節は夏に差し掛かっている。

「かき氷が食べたーい！」

暑いと食べたくなるアイツ。

勢いよく食べると頭がキーンってなるけど、食べたい。物凄く食べたい。ガッツガッツと食べたい。

唐揚げを作り終えて街をぶらぶら。

「え？　ないの？」

「そんなものは、見たことも聞いたこともないですよ」

散策途中でカエルの不動産屋さんに会ったのでかき氷のことを聞いてみたら、まさかのないパターン。

「えー……食べたかったのに。……作る？　でもなぁ。でもなぁ……」

「聞く限り、夏場限定の商品になりそうですねぇ。なにか特別に必要なものはあるんですか？」

かき氷といえば、氷を削る機械。あれがなければどうにもこうにもならない。

不動産屋さんが調理具店に相談したらどうだろうかと提案してくれた。どうやらオリジナルの調理具なんかの注文も受けてくれるらしい。

「魔具師が気難しいので、交渉しだいですが。彼はあなたの店によく行ってるので、大丈夫だと思いますよ」

「マグシ？　えぇ？　誰だろ？」

お店に来てくれているらしい。全然気付かなかった。そもそも、お客さん自身が話さない限りは詮索しないようにしているから、気付きようもないのだけど。

とりあえず、フォン・ダン・ショコラと調理具店に向かうことにした。

「こんにちわー」

「「わふー」」

店舗に入った瞬間、入り口横に寝そべるフォン・ダン・ショコラ。ここには最初のころに調理具とかを揃えに来たのよね。そして今もときどき来ている。フォン・ダン・ショコラも慣れたもので、店内で騒がないようにしてくれている。

「おや、ミネルヴァさんじゃないですか」

「あ、昨日ぶりです！」

店員さんは知っている。毎日のように来てくれているから。

軽く世間話をしつつ、かき氷器を作ってほしいと話した。

「へぇ、新しい料理のための魔具ですか……面白い。ちょっとおまちを」

店員さんがパタパタと裏手に走って行き、連れてきたのはまさかのナマズのおじいちゃんだった。

「お？　嬢ちゃんじゃないか」

「おじいちゃん、魔具師なの!?」

「おお。言っとらんかったかの？」

「聞いてない！」

ナマズのおじいちゃんは開店初日からのお得意さんだ。これなら話は早い。

「作って！　どーしても食べたいのっ！」

「お前さん……そういうとこは、物凄く貴族のお嬢様らしいな」

なぜか苦笑いされた。

店員さんもクスクスと笑っている。

ちなみに、おじいちゃんと店員さんが被ってお店に来なかったのは、店員さんが昼休憩のときは、おじいちゃんが渋々店番をしているかららしい。

そもそも、貴族のお嬢様らしいってどこがなんだろう？　性格は前世に引っ張られて一般的な平民気質な気がする。

あと、なんで貴族ってバレているんだろうと思ったら、普通に私の行動のせいだった。そういえばその日に宝石で家を買ったり、道具や食材を揃えたりしていたっけ。

「お願いしとらんじゃろ。『作って！』ってのは命令形じゃよ？」

嫌だと言われたら条件を聞いて、どうにかこうにか作ってもらう気ではいたけど、もしかしてそれもかなり貴族的な雰囲気なのかなと聞いたら、二人に頷かれた。

「えっとぉ、作ってくださいっ！」

ガバリと頭を下げてお願いしてみたら、今度は下手に出すぎだと笑われた。

「もぉ！　じゃあ、どうしたらいいの⁉」

「うははは。可愛く笑って、『おねがい』って言えばいいんじゃよ」

ほほう？　と顎に手を当てて一瞬考える。

「おじいちゃん、おねがい？」

コテンと首を横に倒しつつお願いしてみたら、おじいちゃんが目頭をぐっとつまんだまま停止した。いったいなにが？

「破壊力が凄いですね。洗脳系？」

「いや、普通の人間じゃ。人間界から追放された悪女じゃ」

「……悪魔のハーフ？」

いやいやいや、なんでそうなるの。私は普通の人間だし！　ちょっと悪役令嬢はやってたけど、今はそこそこに真面目に生きてる。

あと、なんでそこまで詳しく知っているのかと思ったら、犯人はフォン・ダン・ショコラらしい。そういえば、家でフォン・ダン・ショコラ相手に普通に話していた。妹のシセルは物語のヒロインで、私は悪役令嬢なのよー、って。

結局、おじいちゃんがかき氷器を作ってくれることになった。

私のふわふわした前世のふわふわふわした記憶でのふわふわな説明だったのに、あれよあれよと理解してくれて、明日にはお店に持ってきてくれることになった。

「おじいちゃん、有能っ！」

「ふははは。じゃろ？　今度唐揚げをおまけしてくれていいんじゃよ？」

「もちろんっ！　新メニューも考えてるから、味見してね！」

「ほほぉ。ほいじゃ、作ってくるかのぉ」

おじいちゃんが鼻歌を歌いながら店の裏に消えていった。

店員さんいわく、おじいちゃんがあの雰囲気のときは、あり得ないほど凄いものを作り出すときだとかなんとか言いながらブルッと震えていた。

今、魔界に流通している調理魔具のほとんどがおじいちゃんの開発らしい。

「え、コンロとかも？」

「はい！　改良版を、ですが。今のは一定温度を指定出来るじゃないですか？」

「うんうん！　油一八〇度って設定したら一定にしてくれるね」

めちゃめちゃ便利なのよね。あの機能。

具材入れると油の温度が下がるけど、すぐ設定温度に戻してくれるし、ずっと一定に保ってくれるのよね。

「はい。その機能を開発しました」

「…………めっちゃ凄くない？」

「はい。めっちゃ凄いんです。なんで調理魔具ばっかりに力を入れるのか分かりません」

兵器とかも作れるし、その方が断然儲けるらしいけど、なぜか作らないらしい。不思議なおじいちゃんだ。

とりあえず、これでかき氷が食べられる。美味しいものは、幸せの味だ。

帰ったら急いでシロップを作って、明日の幸せに備えないといけない。だってかき氷にはシロップがなにがなんでも必要だから。

大急ぎで家に帰る途中、八百屋さんで果物を買い込んだ。今後の仕入れはまた考えるとして、とりあえずある分で作りたくなったのだ。

「そういうことなので、今から作ります！」

「「わっふぅー」」

フォン・ダン・ショコラの尻尾がブンブンと振られている。私がご機嫌なのが伝わってるみたい。

まずは帰り道に買ってきた果物たちの下処理。下処理と言っても、表面を洗ったり、ヘタを取ったりだけど。

手間の掛かるオレンジとレモンから作っていく。

それぞれ半分に切って果肉をしっかりと搾っておく。残った皮は一度沸騰するまで茹で、お湯を入れ替える。沸騰したら弱火にして三〇分茹でる。作り方は一緒だから二つの鍋で同時進行が出来てとても楽なのだ。

「わあぁぁ、いい匂いが充満してるねぇ」

「「ワフ！」」

「さて、その間に……」

粗く切った苺を鍋に入れ、これでもかと砂糖を入れ、変色防止にレモン汁。あとはグツグツと煮込むだけ。ほぼジャムの作り方と一緒だけど、コレは煮汁をしっかりと残しておくことが大事。

コンロが三つとも埋まってしまったので、しばらくはメロンとモモを切る作業。基本的に一センチ程度の賽の目切りにした。

そうこうしているうちに三〇分が経ったので、オレンジとレモンの皮を湯切りして少し冷ます。

「あぁぁああ、もぉ、暑い！」

「「わふぅー」」

フォン・ダン・ショコラはしれっと店の出入り口で涼んでいる。

（羨ましいなぁ）

少し冷めたオレンジとレモンの皮を、それぞれこれでもかとみじん切りに。先に搾っていた果汁と合わせて、砂糖を入れる。オレンジにはレモン汁も入れ、またもや煮込む。

苺は火からおろし、粗熱取りのために放置。

今度は桃を煮込まなきゃだ。

「んー、エスプーマとかもほしいわよね？」

「わふふー？」

貯蔵庫にクリームチーズとかなかったかなぁと探しに行くと、どーん買いだめされていた。

（流石、私！）

エスプーマとは言ったものの手作りでの配合とか専用の機械は流石にない。

なので、クリームチーズホイップにする。クリームチーズをなめらかになるまで練り、生クリームに砂糖を入れて緩々に泡立て、クリームチーズと混ぜるだけ。とてつもなく簡単！

桃を火からおろし、今度はメロン。

今日一日、なにやってんだろってくらいに煮詰めてばっかりだ。

できたものをちょこちょこ味見しては「美味い！」と叫び倒して満足だけども。

「あれ？　今日は休みだよな？」

「むあっ！　ヒヨルド！　いいとこに！」

「ゲッ⁉」

お店の出入り口を開けて作業していたので、通りがかりの人がちょいちょい覗き込んできてはいた。「新しいデザート作ってるの、できたら食べてねぇ」と地味な宣伝活動だけしていた。

そんなときに、白いうさ耳青年がドアからひょっこり顔を出したので、捕まえることにした。

私には幸運の女神がついているらしいと、ヒヨルドを捕まえてニヘニヘと笑っていたら、めちゃくちゃ苦い顔をされた。

「アンタ、魔王より酷い笑い顔してるぞ」

（おぉ？）

そういえば、魔界には魔王がいたんだった。銀髪ストレートロン毛でかなりイケメンだって騒いでいたような気がするけど、コミックの記憶がかなりあやふやで思い出せない。シセルが年一で開催される魔界との協定後の夜会みたいなのに参加してたって記憶はあるんだけど、肝心の魔王の姿がほぼシルエットでしか思い出せない。

「一度くらい、魔王をナマで見てみたいなぁ」

「まぁ……普通は、見れないな。普通は」

「だよねぇ。ヒヨルドは見たことある？」

「……それよりもっ！　なにをするのか説明しろよぉ、マジで！」

ごめんごめんと笑いながら、作業の説明をした。と言っても、結局は、冷やすだけなんだけどね。

作業を開始して一五分もしないうちに、ヒヨルドの魔力放出にむらが目立ち出した。ボウルの中が急激に凍りかけたり、全く冷えなかったりで混ぜにくい。

「ちょっとぉ、ウィルみたいに一定放出で頑張ってよ！」

「無茶言うな！　魔……あの人レベルとか無理だから！」

「えーっ？　ウィルってやっぱり凄い人なの？　おじいちゃんも言ってたのよねぇ。『探らぬが身のためじゃ』って」

おじいちゃんって誰だって言うから、ナマズ顔の魔具師だと説明したら、なぜか軽くキレられた。

「あんのジジイ！　俺らのは断っといて、コイツの菓子作りは手伝うのかよ！」

「知り合いなの？」

「知り合いいっつーか、この半月ほど依頼を受け付けてもらえねぇの！　ってか、その話だと魔……クソ上司はあのジジイに会ったことあんだな？」

会ったことがあるというか、たまたま隣席気味になっただけ、だったと思う。

あのあとも偽ヒヨルドやウィルの姿で何回か来たけど、おじいちゃんと同じタイミングのときはなかったかもしれない。

「んあー、まー、店の切り盛りもあるし、そこまで把握してないよな。帰ったらドヤそう」

「上司なのにドヤすの？」

「あったりまえだろうが！」

お腹の底から声を出すようにして言われた。

上司であるウィルが作れと命令して、ソレを叶えられる技術を持っているのがおじいちゃんくらいだから、どうあっても依頼を受けてもらわないと、立ち行かないのだとか。

「ほへぇ。大変ね。がんばれー」

「くっそ、他人事だな！」

どうあがいても他人事だし、お仕事なら口出しはしない方が吉だ。応援はしていると伝えると、ヒヨルドが大きな溜め息を吐きながらも「ありがとな」と力なく笑った。

かき氷シロップ作りは、ヒヨルドのおかげで格段に早く終わった。

ご飯は食べていくか聞くと、張り切って食べると言われたので、メニューから好きなものを選んでもらった。

「くあーっ！　オムライスもめっちゃうめぇじゃん！」

「でしょでしょ！」

個人的にはクリームシチューをかけるのがおすすめ。

「そういうのは先に言ってくれよ！」

「あははは！」

ごめんごめんと謝りながら、食べ途中のオムライスにクリームシチューを掛けてあげると、ヒヨルドがにこにこと笑いながらペロリと完食した。

こういうふうに美味しいと言われながらご飯食べてもらえるのはとても幸せなことだと思う。

前世では、一人暮らしで黙々と作って黙々と食べていたからから余計に。

◇◇◇

翌日、開店前からおじいちゃんが店に来たらしい。そして、居住スペースの方のチャイムを連打された。

「おふぁよぉございます」

「なんじゃ、大きなあくびなぞして。まだ寝とったんか」

「まだ開店の三時間前ですもん」

ほれ、と見せられたのは、大きな箱。

はて？　と、頭に大きなクエスチョンマークをのせて首を傾げると、ガハハハと笑われてしまった。

「できたぞ！　はよ着替えるんじゃ。ほんで店に入れてくれ」

「あっ！　どーぞ、どーぞ！」

慌てて玄関の中に招き入れ、店への通用口を指したら、おじいちゃんがなぜか「危機管理がなっとらん！」と怒り出した。警戒心を持つように言われたけど、おじいちゃんを信用してるからなぁと呟くと、おじいちゃんはちょっと照れていた。

「うわぁ！」

それは前世で見た、完全自動の氷を削る機械。紛うことなき、かき氷器だった。

「ほれ、早く氷を設置してみるんじゃ」

「っ⁉」

「なんじゃその顔は。ほれ、はよぉ」

(なんてことだ。なんてことなんだっ！)

完全に失念していた。驚くほどに、シロップ作りに熱中していたせいで。

「っ……ない。ないの。どこにも、ないのっ！」

「は？」

「氷、忘れてたの」

「はぁぁぁ？　あんだけ熱弁しといて、一番大切な氷を忘れるんか……」

「おじいちゃん、氷魔法とか、使える？」

できるか！　と怒鳴られてしまった。これは本当に仕方がないので甘んじて受け止めよう。

あまりにもショックで床に蹲っていたら、目の前にウィルが立っていた。

「ウィル！」

救世主が来てくれた！　と、感動のあまりに、飛び上がって抱きついてしまった。

「む？　どうした？」

ウィルがちょっと困ったような反応をしたので、ウィルが来てくれたおかげで問題が解決しそうで嬉しかったのだと伝えた。勢いで抱きついてしまっていたことを思い出し、そっと離れつつウィルはなにをしに来たのかを確認した。

「ヒヨルドからオムライスの自慢話をされた。今日は昼から忙しい。持ち帰りをさせろ」

驚くほどに一方的に命令された。いやまぁ、命令だから一方的なんだろうけど。これも人のことは言えないなと昨日の自分を思い出す。

「氷を作ってくれたらいいよ！」

（いいカモ発見！）

営業時間前に突撃してきたうえに謎の命令をされたので、無茶を承知で条件を出してみた。かき氷用の氷を今すぐ作ってくれ、と。

「あぁ、いいぞ」

「「……」」

まさかの二つ返事で受け入れられるとは思ってもおらず、私もおじいちゃんもポカーンとなってしまった。普通はなんでだとか、なにに使うのかとか、聞かないんだろうか。ウィルいわく、私が作るって言っているんだから当たり前に美味しいものだろう。食べさせろ。とのことだった。

「このうさぎの青年は誰じゃ？」

「うさぎ？　あ、今って偽ヒヨルド姿なの？　なんで？」

また私だけがウィルがウィルの姿で見えているパターンだったらしい。

「……諸事情だ」

どういう事情なのかは分からないけれど、おじいちゃんの方をちらりと見たので、もしかしたら姿を見られたくないとかだろうか。そういえば、ウィルは稀有な能力持ちらしいから、お忍びの姿なのかもしれない。

「まあいいか。氷作りよろしくね！」

「ん。大きさは？」

「あ、このくらいの円柱型で」

「ん」

かき氷器の氷を設置する場所を見せると、水もないところからピッキーンと横縦三〇センチの円柱氷を手のひらに出した。瞬く間すぎて、しばらくなにが起こったのか理解ができなかった。

「いや流石に早すぎません？　あと、それ食用？」

「ブフォォ」

なぜかナマズなおじいちゃんが吹き出して笑い出した。

「流石に、この子じゃなければ正体がバレますぞ」

「む？　気を付ける」

気を付けるってなにをだろうか。ウィルは謎が多すぎる。

「正体って、銀髪黒角？　ウィルの正体ってなに？」

「『気にするな』」

ステレオで気にするな、早くかき氷たるものを作れ、と言われてしまった。

（なんなのよ？）

「てか、正体バレたんでしょ？　姿、戻せば？」

「……ん」

よく分からないけど、元の姿に戻ったらしい。まぁ、そんなことはどうでもよくて！　私は早くかき氷を作りたいのだ。

おじいちゃんの作ったかき氷器に氷を設置して、サラダボウルを氷の排出口にスタンバイ、とろふわボタンをポチッとな。

シャリシャリと優しい削り音を出しながら、ふわふわの白っぽい氷がぽふりぽふりとボウルに溜まっていく。

こういうのって、ずっと見ていられるなぁ、って思うのは私だけだろうか。ウィルはふわふわになった氷を見てきょとんとしていた。

「なんだこれは？」

「『かき氷！』」

私とおじいちゃんはテンション爆上がり。ウィルは「最初から雪を出せばよくないか？」とか空気が全く読めていないことを真顔で言う。

「こうやって削るのがいいんですー」

「ほれ、もういいじゃろ、早く！」

かき氷がほどよいドーム型になったので、形を整えて苺シロップをたっぷりと掛けて、その上にクリームをちょこん。

（うん、可愛い！）

まずはおじいちゃんに苺のかき氷を渡した。

「こっ、これがっ……んっっっっまいっ！」

「早くよこせ」

「はいはいはい」

おじいちゃんのかき氷を作っている間に、ウィルの分の氷も削っていた。シロップを掛ければすぐ出来るのに、それさえも待てない様子でカウンターの向こう側でソワソワとこっちを見ている。

仕事が忙しいとかなんとか言ってたから時間がなくてソワソワしているのかと思ったら、ただ食べたいだけとか、ちょっと可愛いことを言われた。

「なんの味にします？」

「……桃。苺はヨルゲンのをもらう」

「ヨルゲン？」

「ワシー」

おじいちゃんはヨルゲンと言うらしい。顔見知りだったの？　と聞いたけど二人ともに無視された。

「なんで無視するかな？　泣くよ？」

そう訴えたら、ウィルがゆっくりと大きな溜め息を吐き出した。

「……詮索はするな」

「チッ。はーい」

「令嬢が舌打ちするでない！」

「舌打ちするな」

「ふぁーい」

二人から舌打ち禁止令を出された。いいじゃないの、ちょっとくらい令嬢らしからぬことをやったって。唇を尖らせつつ「私だって、自由に生きたいのよ」と言ってみたけれど、それとこれは違う、舌打ち禁止だと再度言われた。

（酷い。泣くよ？）

しょんぼりしている私を完全に無視して、ウィルがかき氷にスプーンを刺した。シャクッと、なんとも優しい音がした。そして、驚くほどに懐かしい。

「なんだこれは…………」

ウィルが一口食べて無言になり、一時停止。そして、目を見張る早さで食べ進め出した。

「あっ！　ストップ、ストップ、ストーップ！」

「ぐあっ⁉　精神干渉か？」

精神干渉とかいう、よく分からない言葉はスルーするとして。隣でおじいちゃんもこめかみを押さえていたので、慌てて説明した。

どうやら、冷たいものを一気に食べると、頭痛を引き起こすことがあると知らなかったらしい。

よく考えたら、魔族だし大丈夫かもとか一瞬だけ思ったけど、やっぱり駄目だった。二人ともこめかみをもみもみしている。

かき氷の攻撃力はいろんな意味で高いらしい。

「しかし、ただの氷なのに、これほどに美味いとはのぉ」

「ああ、桃の芳醇な甘みとクリームチーズのほのかな酸味、そして氷の柔らかさと儚さ。素晴らしいマリアージュだ」

「魔……オヌシも甘味が好きだったのか」

「ん」

なにやら二人で話し合っているなと思ったら、お互いのかき氷を食べ比べすることにしたらしい。少し食べてはボソボソと感想を言い合っている。見た感じは、孫とお祖父ちゃんが仲睦まじくかき氷を食べているふうだ。

ウィルとおじいちゃんの感想を要約すると、初めての食感に驚いたことと、とても美味しかった。ということらしい。

「ふぅ、美味かった！　嬢ちゃん、いい体験じゃったよ。また夜にくるぞい」

「はーい！　ありがとう、おじいちゃん！」

おじいちゃんは満足顔で帰って行った。今から寝るらしい。まさかの徹夜で作ってくれていたとか。感謝してもしきれないくらいありがたい。

「む、もうこんな時間か。氷のストックはどこに置けばいい」

「貯蔵庫にお願いします」

ポンポンと貯蔵庫の棚に氷を山積みにされた。二〇個も。

こんなにいらないこ貯蔵庫の圧迫が凄いと言ったら、しばらく来れないと言ったら、しばらく来れないこと、絶対にこれくらいは必要なことを説かれた。とありがとうと言っておくが吉だろう。

「だから、数日分の飯を持ち帰りさせろ」

（いや、態度でかいな。まあいいけど）

唐揚げを五人前、オムライスは作っている時間も待てないようなので、チキンライスのみで五人前、ビーフシチュー、クリームシチューも五人前。それぞれを大皿や小鍋に入れて渡した。

ウィルの手元で、渡した食材たちがヒュンヒュンと消えていく。

「いつ見ても、気持ちいいくらい消えるわね」

ストレージは亜空間に物を保管出来るのだそう。貯蔵庫はその劣化版なのだとか。他のコミックやアニメでは有名だったけども、この世界のコミックに出ていたかが思い出せない。前世の記憶は少しずつ思い出してきているのに、肝心のコミックの内容には酷く靄が掛かっている感じ。

ウィルも、たぶんコミックで見たことがあるはずだけど、思い出せない。

「またな」

「はーい。またね」

そうしてまた、ウィルは瞬間移動でひゅんと消えていった。

第五章　お届けに。え、ここって⁉

ウィルが帰ってすぐだった。

フォン・ダン・ショコラがカウンターの下でワフワフと吠え出した。なにかなと近づいてみると、カウンターに見慣れない指輪があった。

いつからだろうか？　昨日は絶対になかった。だって、閉店後の掃除はちゃんとしたもの。いぶし銀で二センチほどありそうなゴツい指輪。真ん中に大きくてつるんとした深紅の石が付いていて、その周りや内側にまでとても細かな細工で模様が描かれている。

サイズは私の親指より太いから男性ものだろう。おじいちゃんは絶対に着けなさそう。ということは、この指輪は必然的にウィルということになる。

「この指輪って、ウィルの？」

「『ワフッ！』」

（さて、どうしたものか……）

一応確認はしなければと、夜に来店したおじいちゃんに見せた。真剣な顔で誰にも見せたり渡したりしては駄目だと言われた。

「本物のヒヨルドにも？」

「うむ……微妙じゃな」

微妙、なんだ？　よく分からないや。

でも詮索はしない方が身のためらしくて、結局はウィルが次にくるまで大切に保管しておいた方が安全だと言われた。

本物のヒヨルドが来たら、ウィルに『忘れ物を預かっている』とだけ伝えてもらおうと思っていたけれど、そのヒヨルドさえ一週間経っても定食屋に来なかった。

◇◇◇

「どーしよ、コレ。びっくりするくらい大切なものらしいんだよねぇ。届けるにもウィルがどこにいるかとか知らないし。フォン・ダン・ショコラは知ってる？」

「ワフッ！」

休みの朝、居住スペースのダイニングテーブルで、ポケットから出した指輪をクルクルと回しつつ、独り言ちていた。

フォン・ダン・ショコラに話しかけたら、まさかの知っているような素振りで玄関に向かっていく。

「え？　ねぇ、知ってるの？」

「ワッフゥー！」

まるで「ついてこい」とでも言っているかのように吠えたり振り返ったりするフォン・ダン・

ショコラに先導され、高速移動馬車の乗り場に来た。

高速移動馬車は魔獣が牽く馬車で、魔界の王都内の決められたルートを物凄い速さで移動するものらしい。

存在は知っていたものの、今まで乗る機会がなく、今回初めて乗ることになった。

乗った感想としては、前世で言うジェットコースターより速いのに揺れは少なく、思っていたよりも安心して乗っていられた。

◇◇◇

「「バフッ！」」

「おう、分かった。次で下車だな」

どうやら次で降りるらしい。

そして御者さんもフォン・ダン・ショコラの言っていることが分かるらしい。御者さん、狐みたいな耳をした獣人さんだったから、当たり前なんだろうけど本気で羨ましい。

私もフォン・ダン・ショコラの言ってることが分かるようになりたい。

「え……ここ？」

そんなことを思いつつ馬車から降り、フォン・ダン・ショコラのあとをついて歩いた。

「「バフゥ！」」

「ここ、魔王城って言わない？」

「「ばうぅん！」」

この反応から見るに、魔王城で間違いないらしい。

家からちょっと見えていた、小高い丘の上のお城。大きくて厳つくて真っ黒な門には指輪の内側にあった模様とそっくりな模様が彫られていた。

おじいちゃんの言うように、指輪は本当に大切なものらしい。

なので、本人に渡す以外の選択肢はない。誰かにお願いして、ウィルを呼び出したらいいんだろうけど、ウィルの役職とか知らない。

「あのぉ」

「……なんでしょう？」

ライオン頭の物凄く背が高くてムキムキの門兵さんに、恐る恐る話しかけてみた。

「たぶんなんですけど、こちらに銀色の長い髪で、枝分かれした黒い角があって、瞳が赤い魔人さんがいるっぽいんですけど、知りませんかね？　あ、名前はウィルって言います」

ウィルの見た目と雰囲気と名前を伝えると、三人四人と門兵さんが集まってきてしまった。

全員が肉食獣の頭で、チーター、トラ、ワニまでもいる。流石にちょっと怖い。

「銀髪で、枝分かれした黒い角？　名前は、ウィルだと聞こえたが？」

「あぁ、俺もそう聞こえたな」

ライオン頭の獣人さんが鼻筋に深いシワを刻んで、グルグルと唸り出した。

フォン・ダン・ショコラはここにウィルがいるって言い張るというか、雰囲気でそう伝えてきている。

「お嬢さん、その御方とはどのようなお知り合いで？」

なぜか五人に増えた門兵さんたちにザザッと一歩詰められてしまった。

人間が魔王城になんの用だとか、妙に魔力を感じるとか、怪しいとか、増援を頼めとか、捕縛した方がとか、門兵さんたちの会話に危険なワードが紛れ込んでいる。

（えっ？　これはちょっと不味いかも？　逃げる？）

でも獣人な魔族にはどうやっても敵うわけがないしなぁ。

なんて考えつつ、とりあえず逃げてみようかな？　とか思ってこっそりあと退りした瞬間だった。トスンと背中に温かい感触。

（えっ？）

誰かにぶつかってしまったらしいけど、なぜか体が動かなくて、振り返ることができない。

「なにを、している？」

物凄く聞き覚えのある、低くて柔らかいバリトンボイス。

「魔王様！」

門兵さんたちが素早く横一列に並び、敬礼をした。

「ワフッ！」

「ああ、持ってきたのか。助かった」

私の後ろでフォン・ダン・ショコラと、低い声の男性が話している。魔王様とか聞こえたけど、誰のことを言っているんだろうか。後ろにいた人が私の右ポケットをまさぐって指輪を取り出すと、中指にはめた。

「よくここが分ったな」

後ろから右腕が回され、お腹をキュッと抱きとめられた。

「「ワフワフゥ！　ワフッ！」」

「んはは。そうか」

後ろから私を抱きとめている人がずっとフォン・ダン・ショコラと楽しそうに話している。

門兵さんが魔王様って言ったけど、フォン・ダン・ショコラは魔王と知り合いなんだろうか。

そもそも、なんで私は魔王と呼ばれている人に抱きとめられてるのか分からない。なんで魔王と呼ばれている人の声に聞き覚えがあるのかも、分からない……ということにしたい。

（なんで、私は声が出ないの？）

「「わふぅ？」」

「ん？　ああ、サイレントの魔法を掛けた。コイツは危ないからな」

「「ワフッ！　ワフフッ！」」

「ん？　いいだろう」

急に目の前が真っ暗になって、フワッと身体が浮いて、どこかに着地したと思ったら、光が戻ってきた。一瞬で定食屋のいつもウィルが座る席の前だった。

どうやらウィルがよくやっている、瞬間移動を私もしていたようだ。

「忘れた俺も悪かったが、無茶はするな」

「「わふぅ」」

「ん、お前がちゃんと守れ。ルヴィ、またくる」

後ろ抱きにされていた感覚がふわりとなくなって、後頭部が大きな手で撫でられた。私よりもかなり身長の高い男性。『ルヴィ』って愛称で呼ばれた。

腰が抜けて、ペタンと床に座り込んでしまった。今日一日で得てしまった情報が多すぎて、頭がかなり混乱している。

「ねぇ、フォン……さっきの人って、魔王？」

「わふん！」

「ねぇ、ダン……さっきの人って、ウィル？」

「ワフ！」

「ねぇ、ショコラ……さっきの人、またくるの？」

「ワフワフッ！」

魔王と呼ばれた人はウィルで、またお店にくるらしい。

（え？　どうすればいいの⁉）

この瞬間、前世で愛読していたコミックに出てくる魔王がカッコイイのに出番が少ない！　とぼやいていたことをぶわりと思い出した。

銀髪ロン毛で、羊みたいに丸まった黒い角は、途中から枝分かれしている。ずっとずっとカッコイイと言い続けていた魔王様。蘇った記憶とウィルの姿形が一致している。なんで忘れてたんだろうか。

「え？　は？」

「「わふぅ？」」

頭が働かない……心臓がバクバクする。

魔王の声がどストライクだとか、顔が好みのど真ん中だとかはどうでもいいはず。私は魔界で、安全安心に新しい人生を歩みたいだけなんだから。

今後、どうしたらいいんだろうか。魔王はお店にまた来る気なのよね。なんでかと考えて、思い当たるのは、ご飯が気に入っているからくらいだった。ヒヨルドが言ってたけど、私の料理を食べると魔力の回復量が他より多いらしい。たぶん、魔王がちょくちょく来ていたのも、それが目的なんだろう。

カレーと唐揚げ大好きな魔王。ちょっと子どもっぽくて可愛い。

「あ……そうか！」

「「バウゥ？」」

「そうよ、そうよ！　それよ！」

パニックすぎて、口から言葉を出し続けないと、どうにも考えがまとまらなかった。

「フォン・ダン・ショコラ！」

「「ガウ！」」

「新たな目標が決定したわよ」

「「ワウッ？」」

『魔王を餌付けして、魔界の食堂で安全安心に生活☆計画！』

どうよ？　素晴らしい計画でしょう⁉　とフォン・ダン・ショコラを見ると、なんとも言えない残念そうな顔をしていた。

「でも、次からウィルは魔王の格好でくるのかな？　他のお客さんに迷惑よね？」

なんとなく、他のお客さんに魔王の姿を見せないようにしていたのは、余計な混乱を避けるためだったんだろうか。それなのに偽ヒヨルド姿は止めてとか言ってしまっていた。ウィルには申し訳ないことをした。

そのあとも、ぐるぐるといろんなことをカウンター席に座って考えていたけど、頭がパンクしかけた。そもそも、問題は起こってから考える派なので、横に置いておこう。

魔王の餌付け計画を遂行するために、やることを考えた方が建設的だ。

「とりあえず、新メニュー作りよ！　おー！」

「「ワフゥー！」」

フォン・ダン・ショコラが尻尾を振りながらキッチンに向かって走って行こうとしたので慌てて抱えて捕まえた。

「キッチンは入ったら駄目よ！」

「「クゥゥン」」

フォン・ダン・ショコラがしょんぼりしながらヘチョリとフレブル座りした。

「あはははっ。気持ちだけもらっておくわ」

なにを言っているかは分からないけれど、なんとなく手伝いたいという雰囲気は受け取った。

フォン・ダン・ショコラを撫でながら、子どもが大好きなメニューはなにか考える。

うちでパスタ類を出していないのは、人間界でも魔界でも、普通にどこのお店でも出ているからだ。

それなら、照り焼きチキンなんてどうだろう？　ハニーマスタードチキンもありかもしれない。

あの独特の味は説明が難しい。

牛丼、豚丼、親子丼も定番メニューだ。大人から子どもまで、幅広く受け入れられている。

「よし！　魔王の餌付けメシ決定！」

決定はしたものの、貯蔵庫はかなりパンパン。これ以上は大きい鍋は増やさない方がよさそうなものの、牛丼と豚丼は大鍋で用意しておきたい。

どうにかできないものなのか、お客さんたちに相談してみようかな？　特におじいちゃんとか、なんかいっぱい知っていそうだし。

そんな計画を立てた翌日に、開店してすぐにおじいちゃんが来てくれた。

「おはようさん！　もうすぐ昼じゃがな」

「あははは、おはようございます！」

（他のお客さんはまだいないし、相談してみてもいいよね？）

　貯蔵庫を広げることは出来るのか。出来ないのなら、他に貯蔵庫的なものを増設するようなことはできるのかとか、質問を色々と投げてみた。

　外に倉庫的な役割でもいい気がする。調理前の野菜とかはそっちに入れる、とかでも多少のスペースは作れそうだし。

「なんじゃい、ここの時空停止保管庫は拡張しとらんかったんかい」

「……かく、ちょー？」

　結構なお金と申請に時間は掛かるが、二倍三倍、お金しだいでは何倍にも拡張できるそうだ。

人間界にいたころ、そんな話は聞いたことがなかった。

「うむ？　この数年で魔界では当たり前になっとるが、人間界への施工はしとらんのかもな」

「そういうもの？」

「そういうものじゃよ」

　前世でいう、軍用に開発されたものが徐々に市民が使えるものに変貌して、一般的に広がって行くようなものなのかもしれない。

　申請すれば拡張出来ると言われたけど、一体どこに？

「魔具庁じゃよ」

「魔具庁ってなに？」

　魔具の開発から各種大型魔具の申請まで、魔具に関することを総括して管理している庁らしい。

大型魔具ってなんだろうと思っていたら、おじいちゃんが例をあげてくれた。

一番普及しているのが時空停止保管庫。また、それの拡張。

次に、建物全体を覆うタイプの防衛システムや、農作物用の獣害を防ぐための撃退システム。

他にも色々とあるけれど、代表的なのはここらへんらしい。

なぜそれらを申請する必要があるかというと、建物や土地自体に魔法をかけるからだそう。

建物や土地を魔具に見立てて魔法陣を組むのだとか。

「ワシはどっちかというと細かいものの方が得意でのぉ」

「見かけによらず⁉」

「言うようになったな！」

おじいちゃんにガハガハと笑われてしまった。

「んまー、じゃからこそ、申請して得意な者を派遣してもらうんじゃよ」

「なるほど。じゃぁ、申請しようかなぁー」

今度の休みにでも、魔具庁に行って説明を聞きつつ申請書をもらってこようと考えていたら、夕方におじいちゃんが申請書を持ってきてくれた。

お礼はと聞いたら、そんなもんいらんと照れながら足早に消えていってしまった。

営業が終わったあとに申請書を確認。住所と名前と、時空停止保管庫の広さと、魔法陣のシリアルナンバーの記入欄がある。

（シリアルナンバーってなに？）

貯蔵庫の壁にある魔法陣をよくよく見ると、魔石をはめる場所の右下に小さく数字と魔術文字が書かれていたが、読めない。

魔術文字は、前世で言うところのタイで使われているシャム文字みたいなふにょんふにょんとした文字だ。ジッと見たところで書き写せもしなかった。

これは、またもやおじいちゃんにヘルプ案件だなとへこみながら書類を片付けた。

「しょんぼりよ、しょーんぼり」

「「ワフゥ？」」

「私、魔術文字が読めないのよね」

普通の文字は人間界も魔界も共通なのに、魔法関連だけは全て魔術文字が使われている。どうにもこうにも、前世の私も今世の私も、言語系の勉強が苦手だったようだ。

仕方ないと諦めて、フォン・ダン・ショコラとともに居住スペースに戻った。

その翌日、おじいちゃんの協力のもと書類を書き終わらせた。配達便を使って魔具庁に送付したので、あとは連絡がくるのを待つだけだ。

そこから火曜日まで、特になんのトラブルもイベントもなく、普段通りのちょっと忙しい日々を過ごした。

定休日である水曜日。今日は特にやることもないので、久しぶりにお昼すぎまでベッドでゴロゴロ。

そろそろお腹が減ったなぁ、と思ってキッチンに向かったら、なにかいた。

「いや、普通にいすぎじゃない？」

「「バフゥ？」」

「フォン・ダン・ショコラじゃなくて、魔王！」

「ああ、俺か」

突っ込む相手は魔王しかないないでしょうよ。なのになんでちょっと予想外だったみたいな反応なんだろうか。

一人暮らしの乙女の家のダイニングテーブルで、優雅に足を組んで座って、まるで自分の家かのように書類を開いてなにかを書き込みながら、コーヒーを飲んでいた。

「勝手に飲んでいいと言われた」

「フォン・ダン・ショコラめ……」

この家にあるものを勝手に飲んでいいと言うんならフォン・ダン・ショコラだとは思ったけど、なんでこんなにも魔王に懐いているのかが気になる。

「なにか作るのか？」

「……作るけど？」

「ん。食べる」

「……いいけど？」

とりあえず、着替えることにした。フォン・ダン・ショコラだけだと思っていたから、まだパジャマ姿のままだった。いやまぁ、私が一人暮らししている家なんだから、普通は誰かいるとか思わないわけで。私、悪くない。

　そして、よく分からないままキッチンに立ち、よく分からないままにチキンを焼きながら、ハニーマスタードソースを作った。魔王がなにを食べたいとか聞かない。せっかくの休みなのだ、私は私が食べたいものを作る。

　食パンを焼き、居住スペース側の貯蔵庫にストックしていた野菜たっぷりのコンソメスープと、サラダを二人分用意してハッと気付く。

（私、なにやってるんだろ？）

なんだかなぁ？　と思いつつも、魔王の正面に座り、いただきますと手を合わせた。

皮面をパリパリに焼いたチキンと、ハニーマスタードソース。完璧なる組み合わせ。

なんにでも合うマヨネーズをベースに、ちょこっとお醤油。マスタードの辛味と酸味をはちみつがまろやかにしてくれる。個人的にはごまドレッシングと二大巨頭のディップソースだ。

バターをたっぷりと染み込ませたパンも最高。塩分過多だとか知らない。がぶりと齧り付くのはマナーが悪いと貴族なら言われそうだけど、それも知らない。

「んーっ、美味しい！」

「……ん」

「『ワフゥワフゥ！』」

　足元でフォン・ダン・ショコラがなにやら言っている。大体において『それ食べたい』みたいな感じだろうけど。

「やらん」

魔王にくれってて言ってたらしい。フォン・ダン・ショコラ、なかなか強メンタルの持ち主だったのね。

「このソースはなんだ？」

「ハニーマスタードソースですよ。主に鶏肉系に合うかなぁ。唐揚げとも相性バッチリ」

「…………」

魔王がジーッと見つめてくる。

（え？　なにこの状況）

「ソース、ほしいの？」

「ん。いっぱい」

いっぱいほしいの⁉　いっぱい？　か、可愛い……なにそれ！　可愛すぎる！

魔王の可愛さに悶えてしまったけど、今世での目標である、魔王の餌付けメシのリストに入れていたのを思い出した。

（めちゃめちゃ成功してるんだけど⁉　あれ？　魔王って実はチョロいの？）

「いいけど。ところで、人の家でなにしてるの？」

「ん？　店に来たら休みだった」

店内が真っ暗で今日休みだったことを思い出して帰ろうとしたら、フォン・ダン・ショコラが居住スペースに来ていいと言ったらしい。

ただ、私は寝てるから、飯を食いたくばここで待てと。

（……フォン・ダン・ショコラくん？）

私がいつも飲んでいるものはそこにあるから勝手に飲めと。

（……フォン・ダン・ショコラさん？）

「今日は、特に急ぎの仕事もないから、ここで書類仕事をしていた」

「なるほど？」

なるほど？　で納得は出来かねるけども。

フォン・ダン・ショコラは今日からしばらくドッグフードにしようかな、と考えていたら口から滑り出ていたらしい。

「「クキュュュン！」」

三頭ともが悲しそうな鳴き声を出しているけれど、わざと無視する。

「ところで、拡張の申請を出したのか？」

一瞬なんの話かと思ったけど、ペラリと申請書を見せられて理解した。

「え？　あ、貯蔵庫ね。うん！　色々と新メニューを考えてたんだけどストック置場が確保できないから保留してたの」

「新メニュー」

「うん。ササッと食べられる丼ものとかいいよねぇ」

こう、お箸でガツガツかき込めるようなものこそ、定食屋って感じ。

「それなら、今すぐ拡張する」

(はい⁉)

魔王が食べ終えたお皿をなぜかシンクに片付けて、足早に店舗の方に向かって行った。

なぜにそこは家庭的なのよ。

「え、待って、待って！」

慌てて追いかけると、魔王が申請書を見つつ貯蔵庫の中でなにやら考え込んでいた。

「どうしたの？」

「いや、今この中の通路は人がギリギリ通るくらいだろう？」

両壁面の棚がストックでぎゅうぎゅうだからね。

「それを二倍にしたところで、またすぐに狭くなるんじゃないか？」

「…………そうなんですけどね。金額的な問題がありまして」

拡張費、小さめの家を買うくらいに高かった。流石にそんなにはお金はかけられない。宝石はまだちょこっとあるけれど、なにかのために取っておきたい。

「なんだそんなことか」

そんなこととかとはなんだ！　と頬を膨らませていたら、魔王の右手が顔に伸びてきて、両頬をプシュッと押し潰された。口がアヒルみたいになっている気がする。

「最後まで話を聞け」

「ふぁい」

「費用は無理のない金額で分割にしていい。条件は新メニューを作ること」

そんな好条件ありなの？　魔王がいいって言うからありなのかもしれないけれど。

「で、広さだが――――」

四倍拡張くらいが、店舗の忙しさと私の運動量の兼ね合いが取れるところだろう、とのことだった。

貯蔵庫の拡張は真四角で申請していたけれど、多少横長にして、入り口から左右に三つの棚を置くような形にしてはどうかと、魔王が書類の裏にサラサラと設計図を描いてくれた。

「入り口を南とし、北と南の壁面に棚を、その中央にも棚を。高さはどうする？」

「んー、高さは今のままでいいかなぁ。踏み台とか使うと間違いなく転けるし……」

「フッ……ん、そうだな」

魔王がバリトンボイスでくすくすと笑い出した。

なにやら納得しているようだけど、私のどこにそんなドジっ子要素があったかな？　かなり真面目に定食屋のお姉さんしてるんだけど？　と訴えると、更に笑われてしまった。

「フッ…………んっ。そういうところだな」

よく分からないなぁ。と首をひねっていたら、目の前にいたはずの魔王が、いつの間にか更に魔王になっていた。

「へ⁉」

豪奢な飾りの付いた黒いマントに、よく分からないけどカッコイイ感じの黒い軍服みたいなのを着た、『ザ・魔王』みたいな、魔王。

なにを言っているんだ私。

あまりにも予想外なことが起こると、人間の脳は思考停止するんだと、今日初めて知った。コミックの絵でもカッコイイと思っていたけど、実物の魔王でしかも魔王らしい服装をしていると、何割か増しでかっこよく見える。

「ほら、こい」

「え、あ、はいっ」

魔王に手をそっと取られて引っ張られた。

(て、手！　繋いでる⁉)

魔王に手を引かれ、貯蔵庫に入ると、貯蔵庫が酷く狭く感じた。近い。あと魔王からなにかいい匂いする。

「食材と料理はとりあえずストレージに入れるが、他の必要なもの、不必要なものの指示をしろ」

「え？　っと……」

そもそも食材置き場なので、ゴミやらなんやらは置かないように気を付けていたので、全てをストレージに入れてもらった。拡張したら棚は買い替えたいので、あとで処分をすることになった。

「始めるぞ？」

「あ……うん」

「なにか気になるなら今のうちに聞け」

そう言われて、めちゃくちゃ気になっていたことが一つあった。聞いていいのなら聞きたい。

「なんで、ちゃんとした魔王の格好になったの？」

「……気にするところはそこなのか」

「いやだって、服以外は変わってないし」

「あー……ルヴィには分からないのか」

魔王が一人で納得していたので説明を求めると、簡単に言えば魔力抑制の魔法を解いたから、らしい。服は魔法で変えていたので、抑制中に掛けていた魔法が一緒に解けたのだそう。

なぜ抑制しているのかというと、魔王の魔力が強すぎて長時間一緒にいると普通は魔力酔いを起こすからなのだとか。

「拡張するぞ」

「うん」

魔王が壁面の魔法陣に手を触れると、魔法陣が紫色に淡く輝き出す。そうして一分ほどすると、急にブワリと貯蔵庫の壁が眩い光を放った。

「ふあっ、まぶしっ！」

「ん、終わったぞ」

「はやっ！」

チカチカとする目をコシコシと擦ってから開くと、そこはかなり広い真っ白な部屋だった。

「うわぁ！　凄い！　凄いよ魔王！」

「……ウィルフレッド」

「なに？」

急に魔王の口から人名が飛び出した。誰だウィルフレッド。

「ウィルフレッド」

「え？　魔王の名前？」

「ん」

じっと見つめてくる魔王に「へー、そんな名前なのね」と返事したのだけど、なぜか眉間に皺を寄せられた。

「でさ、魔王！」

「……」

「聞いてる？」

「…………ウィル」

（あぁ！　そういうことね！）

名前を読んでほしかったのね。ウィル、可愛いところがあるじゃないの。

「ウィル、ちょっとここで待っててくれます？」

カッと目を見開いて、なぜだと問われた。

急いで棚を買い替えてきたいのだ。その新しく買ってきた棚に、ストレージに入れてもらっている料理や食材を出してほしい。

「一緒に行く」

「え、ウィルもくるの？　あ、ストレージで運べたりします？」

「ん」

魔王はそう返事すると、また抑制魔法を掛けて服装も変えていた。そして、当たり前のように手を繋がれ、少しドキッとしてしまった。

第六章　魔王とデート

手を繋いでトテトテと町中を歩いて家具屋さんに向かう。

のんびり歩きつつ、繋がれている魔王の手をチラリと見る。なんで繋いでいるのか気にはなるものの、別に嫌ではない。それに、エスコートのようなものなのかもしれないので、ツッコミは入れないことにした。言った瞬間に手を離されたりしたら、ちょっと淋しいから。

知り合い数人とすれ違ったら、挨拶する暇もなくニヤニヤとウィンクをして立ち去ったり、顔面蒼白になられたり、敬礼されたりした。なんだろなぁと考えたところで気が付いた。

「あっ！　そうか！」

「なんだ？」

「私、魔王と手を繋いでいるからか！」

「……ウィル」

「はいはい。ウィルですね」

魔王と呼んだらすぐバレるから、名前で呼べってことなのだろうとウィル呼びに納得した。

家具店に到着して、ときどき来店してくれている店長さんに挨拶。

「おや？　ミネルヴァちゃん、彼氏かい？」

「違いますよー」

「「……」」

事実をスパッと答えたら、魔王の眉間に大峡谷が刻まれた。

「「うぁふぅ！」」

「痛ぁ！　はぁっ⁉」

足元にいたフォン・ダン・ショコラになぜか足首を甘咬みされた。別に怪我はしてないけど、びっくりしたし、地味に痛い。

「こら……」

「ヴァウゥ！」

「わふわふっ！」

「ヘフン！」

それぞれがそれぞれで『こら』と軽い注意をした魔王になにかを訴えている。魔王は分かっているとかなんとか言っているから、会話が成立しているのだけは分かる。なにを話しているんだろうか。

そもそも、魔王の怒り方が軽い。乙女の生足を咬んだのに。っていうかケルベロスって毒持ちだったんじゃないっけ？　咬まれても大丈夫なのかちょっと気になるんですけど？

「ええっと……なにかお買い求めに？」

「あ、そうそう！　棚を買いたくて」

魔王と店内をグルグルして、棚板を増やしたり移動させたりできるタイプのものを選んだ。

在庫はかなりあるそうなので、倉庫にお邪魔して魔王のストレージにポイポイっと入れてもらった。

「わぁ、ストレージに全て入るんですね」

「……あぁ」

「流石です」

どうやら大型のストレージ持ちは、かなり凄いことらしい。超助かるなぁ、くらいの軽い感覚でいたけど、拡張もしてもらえたし、分割払いも許可してくれて、書類も用意してくれたし……わりと土下座で感謝レベルなのかもしれない。

「あっ！　お鍋とかバットも買い足したい！」

「ん」

魔王は今日は時間があるらしいので、とことん付き合ってもらおうっと。

「いやぁ、ウィルがいてくれてよかったぁ」

「んっ！」

魔王がちょこっとだけ微笑んでいた。

感情が表情にのらないらしく、分かりづらいけど『ん』の感じからして、ご機嫌らしい。

（魔王って可愛い！）

調理器具を買い揃えるならやっぱりおじいちゃんのいるお店よね！　なんて話しつつ、魔王とまた手を繋いで移動開始。

調理器具のお店までは五分も掛からずに着いた。お店に入った瞬間、たまたまいたおじいちゃんに怪訝な顔をされた。

「……バレバレでないか？」

「なにがバレバレなの？」

「いや、嬢ちゃんはアレだから、まぁいいとして。魔…………アンタ……なにやっとんじゃ？」

「デート」

「え、これデートだったの!?」

買い出しかと思っていた。

「「……」」

「「わふぅ？」」

「駄目だ。主人を咬むな」

フォン・ダン・ショコラ、また咬もうとしたのか。今日から餌は野菜だけにしようかな。野菜をクタクタに煮ただけのスープにしようかな。

「「キャウゥン」」

野菜だけは嫌だったらしい。物凄い勢いで伏せをされた。

「ふっ。ケルベロスが懐いているのが面白いなと思っていたが、ここまで反抗するのも面白い。お前たちはいったいどういう関係なんだ？」

魔王がまたもや薄らと微笑みながら、仁王立ちする私と伏せをしているフォン・ダン・ショコラを見ている。なにが面白いのか全く分からないけれど、魔王には面白いらしい。

「んで、なにしに来たんじゃ？」

「買い出し！」

「…………まぁ、そりゃ、デートじゃないと言われるだろうな」

おじいちゃんが憐憫の目で魔王を見ている。魔王は魔王で、私を見ながら大きな溜め息を吐いた。なによ、失礼ね……なんて考えていたら、魔王にゆっくりと手を取られ、指を絡めるようにして恋人繋ぎをされた。

「こうする意味を少しは考えろ」

「え……う、うん」

考えろと言われても、魔王から直接なにかを言われたことなんてないし、令嬢時代の感覚だとエスコートはままあることだし。いやまぁ、流石に指を絡めて繋ぐのはエスコートというよりは……だけど。魔王に言われたことをぐるぐると考えつつ歩いていたら、いつの間にかルヴィ食堂の前に着いてしまっていた。

お店の中に入った瞬間に、繋がれていた手がするりと離れていき、淋しさのような、寒さのようなものを感じてしまった。離れていく魔王の手を目で追っていたらクスリと笑われてしまった。

「棚はここでいいな？」

「あ、うん。料理はこっち側で、食材はこっちね」

広くなったおかげで、色々と場所を揃えて置けるようになった。

無駄のない動線で料理が取れるようになってると楽なのよね。

「んあー、でも広すぎて一人で動くの大変そう。お店も忙しくなったし、お手伝いさん雇おうかなぁ」

「「ワフゥワフワフ！」」

「自分たちが手伝うと言っているぞ」

「毛、モサモサじゃん」

フォン・ダン・ショコラに突っ込んだら、しょんぼりされてまたもやフレブル座り。しかも、それは流石に酷いぞ、とか魔王のくせに正論をぶち込んでくる。

「衛生管理！　店内はギリセーフにしてるけど。そういう種族もいるから」

「あぁ、そういうことか。ならばこれを使え」

魔王が私の手のひらにトンと置いたのは、深紅でつるんとした色以外はなんの変哲もない指輪だった。

それをフォン・ダン・ショコラの手にはめろと言われて、素直に従ってみる。フォン・ダン・ショコラには指輪というより腕輪になったけど。

「それぞれ人型になりたいと考えながら指輪に魔力を込めてみろ」

「「ワフゥン？」」

足元で、ぽふん、と軽い音がして足元にいたはずのフォン・ダン・ショコラが消えた。

その代わりに、私の腰よりもちょっと上くらいの身長の犬耳男児が三人、めちゃくちゃ可愛い服装で立っていた。

（はい……？）

犬耳を携えた、黒髪の男児を見る。

推定八歳くらいの見た目で、くりっとした黒の奥に赤が混じったようなお目々が印象的な子。

白いブラウスに黒い短パン。そして黄緑色、青色、ピンク色のエプロンをそれぞれがしている。

「ん。できたな。話せるか？」

「はなせる！　これで、ごしゅじんさまともはなせる？」

黄緑色のエプロンを着けた少し垂れ目の子が、魔王に話せるか聞いていた。

「あー……おお、こえがでる」

青色のエプロンを着けたつり目の子は、自分の声に少し驚いているようだった。

「るうぃちゃんがちかぁい！　わぁい！」

ピンクのエプロンを着けたクリクリお目々の子は、私にぎゅむむっと抱きついてきた。

「もしかして、ショコラ？」

「うん、しょこらだよ！　るうぃちゃん、わかるの？　すごぉい！　るうぃちゃん！　すきぃー」

ばぁっと明るい笑顔を向けられた。

（ナニコレ、可愛い！）

「本当にショコラなんだ」

「しょこらなのー！」

ショコラの頭を撫でていると、顔を私のお腹にスリスリと寄せてくる。ポンポンと頭を軽く叩くように撫でてあげれば、上を向いて更に満面の笑み。

「しょこらがね、るゔぃちゃんといっしょにいたいって、ふぉんと、だんにいったの！　そしたらね、ふたりともいいよって！」

（ほほほほほう⁉　ナニコレ、可愛すぎる！）

フォン・ダン・ショコラいわく、毎日お手伝いしてくれるとのことだったけど、毎日はなんとなく心苦しすぎるから、シフトを組んではどうかと話してみた。人型だとそれぞれで動けるから、やってみたいこととかを一人の時間でするのもいいんじゃないかと思ったのだ。

三人ともに今日はお手伝いしたくないとか言われたら、本気でへこむかもしれないけど。

「いやはないよー！　るゔぃちゃんのちかくにいるのすきだもん」

ナニコレ、抱きしめていいですか？　いいよね？　よし、抱きしめよう。

「ショコラだけずるい。ボクも」

「オレもなでろ」

「チッ………………ガキが。ルヴィから離れろ」

ショコラを抱きしめて頬ずりしていたら、なぜか不機嫌になった魔王がショコラの頭を鷲掴みにして持ち上げて、なにかを言い聞かせていた。

「はぁい。ごめんなさい」

「ん」

　平和的になにかを解決したらしい。魔王がショコラをポイッと放ると、ショコラが一回転して綺麗に着地した。流石ケルベロスだ。しゃがみ込んでよしよしとショコラの頭を撫でていると、上から物凄く低い声が降ってきた。

「………………失敗した」

「へ？　なにを？」

「なんでもない」

　魔王がプイッとそっぽを向いてストレージから黙々とストックを出し始めたので、この話は続けたくないのだろう。気持ちを切り替えて片付けを再開した。

「これはー？」

「一番下の段にお願いね」

「はーい」

　フォン・ダン・ショコラと魔王が片付けを手伝ってくれたので、予想より早く終わった。本当に助かった。

「ありがとう、フォン・ダン・ショコラ」

「「えへへ」」

「魔王もね」

「……………ん」

人型になったフォン・ダン・ショコラには棚の上の方に手が届かなかったので、ストックが増え出したら三段程度の階段型踏み台を用意することにした。今はまだ中段あたりまでで間に合っているからいいけど。早めに色々と買い揃えていかないとね。

そして、魔王を餌付けして魔界で安全安心に暮らすのだっ！

■■■

片付けを終わらせたミネルヴァが、なにやら考え込んだあとグッと拳を握った。

「よし、これで魔王を餌付けして、魔界で安全安心に平穏生活計画が実行出来るわね」

「「できるー！」」

隣に俺がいることを忘れているのだろうか。それとも別の魔王か。いや、どう考えてもこの魔界に魔王は俺だけだが。

（ん、やはりコイツらは面白い。もう少し頻繁に顔を出せたらいいがな……。仕事の調整をするか……）

◇◇◇

片付けが終わって、さあもういい時間だしご飯にしよう。と思ったところで、ふと気が付いた。

いつもより一人多いことに。

横にいる銀髪黒角の魔王をちらりと見る。

（いつまでいるんだろ……？）

「魔王、ご飯は食べて行くの？」

「食べる」

「はぁい」

なんにしようかなぁと考えていて、魔王の餌付けをしなきゃだし、手の込んだものを作らないといけないよなぁと思った。だけど、時間は既に夕方を通りすぎてほぼ夜だ。今日は手早くできる親子丼でいいかなとキッチンに向かった。

鶏もも肉を二センチ大、玉ねぎは五ミリ幅に切る。

合わせ調味料をフライパンに入れて、玉ねぎも入れて軽く煮る。

私はクタクタの玉ねぎが好きだけど、魔王はどうなんだろう。

「いい匂いがする」

「お？　醤油系もイケるのねぇ」

「ん」

玉ねぎがしんなりしたら鶏肉を入れて三分から五分ほど煮詰め、あまり混ぜていない溶き卵を流し込み、火を止めて余熱で蒸らす。

大きな丼にご飯をふんわりと盛って、出来上がった親子丼のアタマの三分の二を魔王の丼にのせる。残りを私の丼に。

「魔王はつゆがいっぱいの方が好き？」

「ん」

魔王はつゆだく派らしい。

それならフライパンに残っていたつゆも全部魔王の丼に入れちゃえ。

「おまたせー。スプーンとお箸はどっち？」

親子丼、私はスプーン派なのよね。

「スプーンがいい」

「お、私もー！」

（ん？　この世界に親子丼ってないよね？）

気になって聞いてみた。

「ねー、この世界に親子丼とかってあるの？」

「ない」

「ですよねー！」

なさそうだから、餌付け飯にしようと思ったんだもん。それならなんでつゆだく派なんだ⁉

となっていたら、魔王が説明してくれた。

ご飯にかけるんだからカレーみたいなものだろうという予測から、カレールーは多い方が好き
なので、汁も多い方が好き。で、そう返事したと。

（魔王って頭いいなぁ）

ただつゆだくにするか聞いただけなのに、まさか色々と連想して、好みの正解にたどり着くとは。

「ん、美味い」

「一味唐辛子とかかけても美味しいよ」

「イチミトウガラシ？」

「チリペッパー。少し粗刻みのやつね」

「ふむ？」

魔王がちょこっとかけて食べてみていた。もぐもぐと咀嚼して一時停止。からのノンストップでスプーンを動かしている。これは間違いなく気に入ったパターンだろう。

「…………おかわり、あるか？」

「ない！」

「ん……」

魔王がしょーんぼりしていた。量が足りなかったのかと聞いたら、足りはしたけれど、美味しかったからもうちょっと食べたかった、と小声で言われた。

（なにそれ、魔王、可愛くない⁉）

魔王が夕食を食べ終えて、またもやスッと瞬間移動で帰っていった。またくる。とか言ってたから、またくるんだろう。

シンクの丼を洗いながら、魔王と手を繋いでいたときの感触を思い出していた。ゴツゴツとしていて、男らしくて、温かかった。あ、そういえば、魔王じゃなくて名前で呼べって言ってたよね。ウィルフレッド……。出会ったときに『ウィル』ってだけ言われてたからなぁ。ウィルって引き続き呼んじゃってた。今は、前世の記憶につられて『魔王』って呼んじゃってるけど。

「フォン・ダン・ショコラ、ちょっと人型になってくれる？」

足元にヘチョリと座っていたフォン・ダン・ショコラにお願いすると、ぽふんと変身してくれた。

「なぁに？」

ふわふわのお耳をピルピル動かしながら小首を傾げて、ショコラが見上げてくる。抱きしめたい衝動を抑えつつ、三人の前にしゃがんで聞いてみた。

「あのね、魔王がショコラに説教みたいなことしてたじゃない？」

「まおうさま？　うん、おこられたのー」

「なんて怒られたの？」

「えっとね、るゔぃちゃんと、いちゃいちゃしていいのは、まおうさまだけなんだってぇ」

ほほほぅ……と、あのときの光景を思い出していたら、ショコラが背伸びをしてシンクの中を覗き込みながら、ソワソワとしていた。

「しょこら、おてつだいする！」

「お、ありがとう。じゃあ、お皿とコップを拭いてくれる？」

「はーい」

　にこにこ笑顔でお手伝いしてくれるショコラ、可愛すぎる。

「ボクもなにかしたい」

「オレも」

「フォンとダンは、お皿を棚に片付けてくれる？」

「『うん』」

　三人とも今日はいっぱい頑張ってくれたし、夜のデザートで骨をあげよう。たしか貯蔵庫に入れてたはず。

　ケルベロス型に戻ったフォン・ダン・ショコラが三頭とも楽しそうに骨を咬み咬みしていた。

　その姿を眺めつつ、ダイニングテーブルで前世のレシピを思い出しながらメモを取る。

　貯蔵庫が広がったこと、フォン・ダン・ショコラがお手伝いしてくれるようになったこと、それらを鑑みてメニューを増やすか、日替わり定食みたいなのを作るか、とても悩ましい。

「うーん」

　日替わり定食で、ちょっと値段を下げてお手ごろ価格みたいにするのはありかもしれない。でもあれって、店員の負担を減らすためと、薄利多売による集客の役割なのよね。

　いろんなメニューをバラバラに作るより、同じものを同時に何個か作る方が、様々なコストが抑えられる。大量仕入れで原価も少し下がる。そして、フードロスになりにくい。

「うーん？」

でも、ここではそもそもがストック制だ。日替わりは今のところ保留にしよう。しかし、貯蔵庫って本当に便利な魔具だと思う。

魔王に拡張してもらったたし、また明日からストック作りを頑張ろう。

大きいお鍋も買い足したし、保管容器も買い足した。もりもりと美味しいご飯を作って、魔王の餌付けをしないとね。

「やるぞー！　おーっ！」

「「ワォーン！」」

第七章　人型になるということ

「いらっしゃーい」

「いらっしゃいませ」

フォンと二人で店内の入り口に並んで、一番目のお客さんを出迎える。

「やぁ、ミネルヴァちゃん。あれ？　その子たちは新人？　あれ？　ケルベロスは？」

「こんにちは、ゾンディールさん」

ゾンディールさんは、近くの建設現場の職人さん。ムキムキなマッチョメンである。

見た目はいかついけれど、くるたびにフォン・ダン・ショコラを撫でてくれる、とても優しい人だ。

「おっちゃん、ボクここ！」

フォンがゾンディールさんに自分がフォン・ダン・ショコラのフォンだとアピールしていた。

とりあえず、人型になれるようになったと私からも説明すると、ありえないと言われた。

「へ？」

「いや、そういう魔具はあるが……国宝レベルのはずなんだが？」

「そうなんですか……？」

「あぁ」

ゾンディールさんが真顔で言うんだから、本当に本当なのだろう。あんの魔王、なんてものをペイッと渡すんだ。変身出来る超レアな指輪？　実は国宝級？　返せと言われても、絶対に返さないぞ。だって、やっとフォン・ダン・ショコラと話せるようになったんだもん。しかもめちゃくちゃ可愛いんだぞ？　手放せる気がしない。

「いや、なんか、たぶん、触れたらいけない話題だな。うん。よしよし」

「わーい、なでなでぇ。おっちゃん、きょうも、からあげていしょく？」

「おお！　米は大盛りな！」

「はーい」

フォンが楽しそうに貯蔵庫に入っていった。昨日のうちにやり方を教えたら、すぐに覚えてしまった。フォン・ダン・ショコラの学習能力が凄い。

ということで、準備はフォンに完全お任せしてみることにした。

私はゾンディールさんにカウンターの端を案内して、お水を渡す。なんでかいつも端っこを選ぶから、人が少なくても端の席を案内するようにしている。

「はい、おまたせしました」

フォンがえっちらおっちらと唐揚げ定食を運んできた。

「おっ、待ってました！　いただきます」

ゾンディールさんが唐揚げを箸でつまみ上げ、がぶり。

ザクッ、ザクッ、じゅわっ。唐揚げを咀嚼する音は、いつ聞いてもお腹が鳴りそう。

「っ、ぷはぁ……いつ食ってもザクザク、肉汁たっぷりで、スパイスがほどよく効いて、最高のメシだよ」

「あはは！　ありがとうございます」

ゾンディールさんが唐揚げを食べている姿を眺めつつ、ストック作りをしていたら、次のお客さんのご来店。

キッチンから挨拶をすると、調理具店の店員リリアンさんだった。

「こんにちはー」

「こんにちは、エビフライ定食ね！　で、昨日の人だけど！」

リリアンさんはカウンターのど真ん中がお気に入りで、必ずそこに座る。

ストックを作りながら、デートじゃないって言ってたけど、なんだったのかと根掘り葉掘り聞かれた。買い出ししかしてないって言ったじゃないですかと言っても「信じない！」とのことだった。

「あんなイケメンが買い出しに手を繋いでついてくるとか！　どこの世界にそんなラッキーがあるのよ！」

「この世界ですけど」

「そうだけどぉ！　そういうことじゃなくて……」

なにやら納得がいかないらしい。

実は、ちょっと魔王に言われてドキドキしちゃったけど、恋バナみたいな感じで人に話せる気分でもなかったので、はぐらかしてしまった。

「おまたせしましたー」

「ありが……え、なにこの幼児」

「あ、フォン・ダン・ショコラです」

「は…………………はぁぁぁぁ!?」

どうやら、人型になるのは、本当に凄いことだったらしい。

お昼のピークが終わるまで、フォンがたくさん働いてくれた。常連のお客さんも新規のお客さんも私も、顔がほにゃほにゃと緩みっぱなしだった。

ちなみにこの時間、ダンとショコラは居住スペースにいる。ダンはパズル、ショコラは絵本を読んでいるらしい。

三時すぎからはデザート注文がほとんどなので、しばらくケルベロスの姿に戻って休んでもらうことにした。

フォン・ダン・ショコラはいつも通り店内の入り口横でお昼寝。夕方のピークはダンが手伝ってくれるらしい。本当に助かる。

「むお？　なんかいい匂いがするのぉ」

「あ、おじいちゃん！　いらっしゃーい」

なんか妙に疲れた顔をしているので、どうしたのかと聞くと、新しい魔具の開発で行き詰まっているのだとか。

話を聞きつつ、新作で用意することにした親子丼と牛丼の具材だけを小皿に入れて渡す。

「こっちが親子丼ね。鶏肉と玉ねぎを卵で閉じたやつ」

「ほぉぉぉ！　それで親子か。面白い！」

「で、こっちが牛丼。牛肉っぽいお肉と玉ねぎのちょい甘辛な醤油煮って感じかな？」

「くっ……これは米が欲しくなるやつじゃな。ところで、牛肉っぽい肉ってなんの肉じゃ？」

「オフ……オフィス？　えっと……オフィなんたらかんたらヌス？」

カタカナが続く名前って、覚えるのが苦手だ。少し前に食材を仕入れに行ったとき、魔牛の肉が硬くて臭いので全く売れなくて困っていると言われて、なにかに使えるかなと格安で買い取っていたのだ。

「オフィ？　……オフィオタウルスか？」

「それ！　あ、胴体が牛で、下半身がヘビだったかな？」

「それじゃな。あの肉、食えるんか……」

「めちゃくちゃ美味しいよ？　あ、親子丼は普通の鶏肉だよ」

両方とも、カレーのようにご飯の上にのせてつゆをたっぷりかけて、ガガッとかき込んで食べるのだと話すと、おじいちゃんの目がギラリと光った。

「牛丼が気になるのぉ。あの肉がどう変化するのか……」

「はいはーい」

前世でいう、ご飯特盛、アタマも特盛。

牛丼とスープでセットにして、お箸とスプーンをおぼんにのせてドンッとおじいちゃんの前に出すと、喉がゴクリと鳴ったのが聞こえた。

お箸を手に取ると、ガシッと丼を掴み口元へ。それ一口でいける？　ってくらいの量を勢いよく頬張っている。

「んぐ……むぐぐ…………」

「だ、大丈夫？」

「んむ！　ふんむー！」

なにを言っているのか全く分からないけど、唸りながらガッツガツと食べているので美味しかったんだと思う。瞬く間に半分以上がなくなっていく様を見るのって、なんか気持ちいい。

「むぐっ!?」

勢いがよすぎて喉にきたなと思い、冷たいお茶をグラスに注いでおじいちゃんにそっと渡すと、ゴッゴッゴッと音を立てながら飲んでいた。

「ぶはぁぁぁぁ！　ぬぁんじゃこらぁ！　甘い、確かに甘い。醤油が甘いが、美味い。肉に絡むこの甘じょっぱい味と醤油の香ばしさがなんとも言えん！　このクタッとした玉ねぎもいい。玉ねぎが肉汁と醤油をしっかりと吸って、なんとも言えん旨味が…………くそっ！」

饒舌になったおじいちゃんに『美味いって言うだけでよくない？』ってツッコミを入れるのを我慢していたら、なぜか軽く怒りながら牛丼の残りを食べ出した。

ドンッと空になった丼をカウンターに置いたタイミングで話しかけてみる。

「どーしたの？」

「もっと食いたい！」

「あ、おかわりいる？」

「違うんじゃ！　腹いっぱいなんじゃ！」

まぁ、最初から大盛りで渡していたし、そりゃお腹いっぱいだろう。お腹いっぱいならいいじゃないと思うんだけど、なにやらそういうことではないらしい。

「いや、昼めしは普通に食ってきた」

「え？　なんで普通に牛丼食べれてるの」

「美味かったから」

「どーも？」

どうやら、お腹いっぱいだけど、食べたい。もっと食べたい。夕食にも食べたい。でも、今はガッツリ満腹だから営業時間内にはお腹は減らない気がする。だから、今日はもう食べられない。それが悔しい！　ということらしい。

「アタマの持ち帰り、する？」

牛丼の上にのっている具材のことをアタマと呼ぶ説明をしつつ、持ち帰りを提案すると、小鍋いっぱいに詰めてくれと言われた。

おじいちゃんはこれで開発が進むぞ！　とか言いながら上機嫌な様子で帰って行った。なにか知らないけれど、元気になったみたいだし、やる気にも満ち溢れてそうなのでそっとしておくことにした。

おじいちゃんが小鍋を持って走り去った直後、ハルピュイア独特の両腕の羽を人型に変えながら、常連のジュリーさんとシモーヌさんが来た。

彼女たちは獣人専用の洋服屋さんを開いている。

人や種族によって獣化している場所が違うので、そういった細かな希望に沿ってリフォームやオーダメイドなんかも請け負っているらしい。

彼女たちは仕事や食事は羽を人型にしているが、普段はやっぱり元々の羽の方が過ごしやすいらしい。

「あら？　いい匂いねぇ」

「今日は新商品を試してみているんです」

「へぇ、今度食べてみよ。いつもの！」

「はーい。シモーヌさんは？」

「んー、今日はレモンにしようかなぁ」

ジュリーさんは毎回必ずメロンかき氷。

メロンの柔らかくて染み渡るような甘さが大好きらしい。

おじいちゃんが作ってくれた魔具でショリショリショリと氷を削ってドーム型にする。その上にそれぞれのシロップをたっぷりとかけたうえに、もったりとしたクリームチーズホイップをこれでもかとのっける。

メロンはてっぺんに一センチ角のコンポートで飾り付ける。

レモンは輪切りのはちみつレモンを三枚扇型にして刺す。

「はい、おまたせしました」

渡した瞬間の二人の笑顔はいつも幼い少女のように輝いている。美味しいものを目の前にすると若返るのよねぇ！　と笑っていた。

「あぁぁんっ。このクリームとの相性、ほんとすっっっごいぃ！」

「ちょっと、魔力漏れてるわよっ！」

「ぁんっ、危ない危ないっ。ってジュリーも漏れてるぅ」

「あははは！　やぁぁだぁぁ！」

ハルピュイアは旋風を起こす能力が備わっているらしく、魔力が溢れかえると小さ目ではあるものの旋風が出て荒れ狂うのだとか。

「またお前たちか。外が大変なことになっているぞ！」

ズバーンとドアを開けて怒鳴りながら入って来たのは、首なし甲冑姿の騎士。このあたりを馬に乗って警邏しているデュラハンのアレハンドロさん。

「「きゃあぁぁぁ！」」

ハルピュイアのお姉様二人が叫んでいるけど、これは喜んでいる方の叫び声だ。

なぜかというと、アレハンドロさんはかなりのイケメンだからだ。デュラハンだから首から上がないけれど、エルメットという顔全体を覆う兜を着けた頭を小脇に抱えている。普段は顔が見えないけれど、カレーを食べるときだけは甲冑を外して、美味しそうに食べてくれるのだ。

「アレハンドロ様、一緒に食べましょぉ？」

「ほらほら、ここに来てぇ？」

「仕事中だっ！　魔力を引っ込めろ！」

「「はぁぁぁい」」

　ついでになぜか私も怒られた。魔力制御がゆるゆるになる食べ物を出すなと。

　そんなこと言われても私には分からないので、困っている。

「全く。外を片付けるまで店から出てくるなよ」

　外は折れた木々や割れたガラスが散らばっているらしい。流石にやばい。いつか本気で苦情が来そうな気がする。

「大丈夫、大丈夫。国から補償が出るから」

「大丈夫、大丈夫。いつものことよ」

　そう二人が言うので、大丈夫らしい。

（え？　本当に大丈夫？　大丈夫なの？　なら、いいかなぁ？）

◇◇◇

今週も頑張ったなぁ、とお風呂から上がって、髪の毛を乾かしながらパジャマ姿でダイニングに向かう。

おじいちゃんは魔具の開発が終わったらしいし、ハルピュイアのお姉様たちも仕事が捗ったって言っていた。フォン・ダン・ショコラも本当によく働いてくれている。

なかなかにいい一週間だった。

「夜ご飯はなにを食べようかなぁ？」

「『わふぅん？』」

「なんでもいい」

ただ独り言ちただけなのに、なぜか返事が返ってきた。

「……」

ダイニングテーブルで優雅にコーヒーを飲みながら本を読む銀髪イケメン。

一瞬、どこか違う場所にでも転移してしまったかと思うよね。どう見ても私の家だけど、どう見てもダイニングだけど。

あまりにも当たり前のようにいる魔王のせいで、思考回路が停止しかけた。

「なにしてるんです？」

「営業時間に間に合わなかった」

「……」

だからダイニングで待っていた、ということらしい。理由は分かったが、意味は分からない。

とりあえず、お腹が減ったらしい。

「適当なものになりますよ？」

「ん、代金はちゃんと払う。ルヴィの飯が食いたい」

仕方ないなぁと思いつつ、髪の毛をササッとまとめた。

貯蔵庫の中を見てメニューを決定した。

レタスを適当にちぎり、盛々のご飯の上にどさっとのせて、マヨネーズを適当にビームのようにしてかける。前世のせいでなのか、なんとなくこの作業をビームと言ってしまう。その上にハンバーグを並べるんだけど、魔王のは三個にしとこうかな。私は一個で充分。トマトソースをたっぷりとかける。これをケチってはいけない。

フライパンに油を引き、目玉焼きを三個作って、一個は私に。二個は魔王に。コンソメスープを添えれば、適当ロコモコ丼定食の出来上がり。

自分のご飯も時間のあるときにストックで用意しているので、疲れたときに楽に素早く作れてとてもいい。ハンバーグのストックを作ってて本当によかった。

「おまたせー」

「ん。いい匂いがする」

「ロコモコ丼です。野菜もお肉もソースも卵も気にせずスプーンでガッと一緒に食べると美味しいですよ」

魔王と二人、向かい合って座り、手を合わせていただきますをして食べる。

（私、一人暮らしのはずなんだけどなぁ？）

私のは小盛りくらい、魔王のは超特盛くらいだったのに、魔王が食べ終わる方が早かった。

「美味かった。レタスと米とマヨネーズの組み合わせはどうなんだと思ったが、合うな。なんとも言えない奇跡の組み合わせだった。半熟の目玉焼きとマヨネーズが全てを包み込んでいた」

魔王は美味しいものを食べるといつも饒舌になる。饒舌になるといえばおじいちゃんもだ。もしや魔族はみんなそんな感じなんだろうか。

そして今日もシンクに食器を下げてくれた。しっかりと私の分まで。

「魔王って、いい旦那さんになりそうよね。あ、デザートにクッキー食べま――――」

「食べる」

言い終わる前に返事された。

お湯を沸かしてホットミルクティーを作り、貯蔵庫からアイスボックスクッキーを持ってきて、テーブルの真ん中へ。

ペラッ。サクッ。本を捲る音とクッキーを咀嚼する音。

静かな空間に響くのは、心地よい雑音のみ。

ダイニングでおやつを食べつつ、読みかけの本の続きを読む。なんとも言えないのんびりとした時間。

「…………ところで、魔王」

「ん？」

「いつまでいるの？」

「……ルヴィが寝るなら帰る」

「ふぅん」

（まぁ、もうちょっとだけ、本の続きを読もうかな？）

魔王とのんびり過ごす時間は、会話がなくても苦痛じゃなくて、とても居心地のいいものだった。

◇◇◇

「……ヴィ、ルヴィ」

「んっ」

「寝るなら寝室にいけ」

「…………ぅん」

本を読んでいたらいつの間にか寝ていたみたいで、魔王に起こされた。

目を擦りつつ、読んでいた本を小脇に抱えて寝室へと向かう。

「ふぁぁぁぅ……おやすみ」

「ん。いい夢を」

後ろからついてくる気配があったからフォン・ダン・ショコラだろうと思って、振り返らずに再度『おやすみ』と言ったら、低い声で返事があった。なんだ魔王かと思っていると、後頭部をゆっくりと優しく撫でられた。

「ルヴィ…………裾を離せ」

「んー」

そんな魔王の挨拶を聞きながら寝室のドアをバタンと閉め、ベッドにダイブして、夢現から夢の世界へと沈んでいった。

このときは全く不思議に思っていなかったのだけど、朝起きてよくよく思い出したら、明らかに違和感だらけだった。

「なんなの……ってか、どういう状況⁉」

「ん？　おはよう」

「あ、おはようございます……」

ダイニングでまたもや優雅に座る魔王を発見。

足を組んで、コーヒーを飲みながら、なにやら書類に記入している。

「なに……してるんですか？」

「仕事」

（なぜに。なんのために私の家で？　いつから⁉）

まさか、昨日からずっといたとかはないよねと聞くと「いや。帰って魔王城で寝た」との返事に、ちょっとホッとした。

どうやら、魔王はあのあと普通に魔王城に戻って自分のベッドで寝たらしい。

そして朝起きて魔王城の食堂で朝ご飯を食べたら、あまり美味しくなかったそうだ。

「口直しがしたい」

「はいはい。作る作る」

◇◇◇

カリカリベーコンとスクランブルエッグ、レタスとブロッコリーのサラダ、食パンを焼いて、コーンスープ。

至って普通の朝食を作った。

「ん。美味ぃ。やっと満たされた。やっぱりルヴィの飯が一番美味ぃ」

「そ、そぉ？　ありがと……」

「ルヴィ、今日の予定は？」

「ないけど？」

今日は特になにをするとも決めていなくて、たまには家でのんびりしておこうかと思っていた。

「ん」

魔王はそう返事すると、何事もなく朝食を食べ、人の家のダイニングのテーブルで書類の記入を再開した。

この人、なんで私の家で仕事しているんだろう……と不思議には思ったものの、突っ込むのも面倒だし、魔王と一緒にいると落ち着くので、まあいいかと放置することにした。

「魔王、私リビングに行くけど？」

「ん」

魔王は書類をストレージに入れると、コーヒーカップとなんとなしに出しておいたお茶請けの菓子皿を持って、私のあとに続いた。

どうやら魔王もリビングに移動するらしい。

リビングには、ローテーブルと三人掛けのソファ一つと、一人掛けのソファが二つある。

部屋から持ってきた本をローテーブルに置き、三人掛けソファにダイブする。うつ伏せで寝転がって本を読み始めると毎回必ずフォン・ダン・ショコラが足元に這い上がってくるので、お腹辺りに足を差し込むと、もふもふのほっかほかで心地がいいのよね。

魔王はそんな私をちらりと見て、ローテーブルに書類を出すと、また仕事らしきことを始めた。

しばらくの間、クッキーを食べながら本を読んでいた。ちょっと喉が渇いたなと思って起き上がり、脱ぎ散らかしたスリッパを履く。

「魔王、紅茶取ってくるけど、飲むー？　それともコーヒーがいい？」

「飲む。ルヴィと同じものでいい」

「へーい」

またもや、私たちはなにしてるんだろうかとか思ったけど、まあ平和で穏やかだし、いいか！と思考するのを止めてキッチンに紅茶を作りに行った。

■■■

ルヴィの家で仕事をしつつ観察していたら、ルヴィが本を片手にうつらうつらと船を漕ぎ出した。フォン・ダン・ショコラは既に床で仰向けになって寝ている。時計を見ると既に夜中の一時を回っていた。

「ルヴィ、ルヴィ！」

「んっ」

「寝るなら寝室にいけ」

「…………ぅん」

ルヴィがソファから立ち上がり、こしこしと目を擦りながら、読んでいた本を小脇に抱えて歩き出した。

「ふぁぁぁぅ……おやすみぃぃ」

「ん。いい夢を」

ルヴィが目を擦る仕草はとても幼く、妙な庇護欲に駆られる。俺も王城に帰ろうかと思っていたら、シャツの裾がグイッと引っ張られた。

（は？）

ルヴィが俺のシャツを握りしめ、ゆらゆらと歩いてどこかに向かっていく。フォン・ダン・シショコラもポテポテと歩いついてきている。

「わふぅぅん？（まおーさま、るゔぃちゃんといっしょにねるの？）」

ショコラのその言葉で、寝室に向かっているのだと気付いたが、手を振りほどけない。

「おやすみぃ」

「ルヴィ……」

あどけない声でそう言われ、流石にこれ以上はまずいと、どうにか踏み止まった。せめて思いを通わせて、ちゃんと恋人同士になってからがいい。流れに任せてということもあるだろうが、ルヴィをそうは扱いたくなかった。

「ルヴィ………裾を離せ」

後頭部をゆっくりと撫でると「はぁい」と甘い声を出したあとに寝室らしき部屋に入って行った。

（生殺しだな……）

翌朝もまたルヴィの家に行くと、ルヴィは昨晩のことはなにも覚えていないようだった。ホッとしたような、淋しいようなこんな気持ちは初めてで、自分でもどう扱えばいいのか分からない。

◇◇◇

昨日の休みは本当に謎だった。

ほぼ丸一日、魔王が家にいた。

ときどき、休憩なのかなんなのか、私が読み終わってテーブルに置いていた本を読んだりもしていたけれど、基本的に書類仕事をしていた。

そして、夕食までしっかりと食べて帰って行った。ちゃんとお金を払って。

（謎だわ）

「さぁ、今日も頑張りますか！」

「おう！」

今日の午前の営業はダンがお手伝いをしてくれる。

ダンはちょっとツンデレでお口が悪いけど、フォンやショコラと一緒で、根はとても優しくていい子。だからなのか、お客さんからもよく可愛がられている。

「おっ！　今日はダン坊か」

最近よく来てくれている、高速移動馬車の御者さんが、ニカッと笑いながらダンの頭を撫でていた。

「なんだよ、わるいか」

「ははは！　俺ぁ、餃子定食な」

「はーい。ダン、お願いね」

ダンが貯蔵庫に向かうと、御者さんがニコニコとその後ろ姿を眺めていた。

御者さんには同じくらいの娘がいるらしいんだけど、最近冷たくされていていてへこんでいるらしい。

「パパとはお風呂に入らない！　とか言われると、マジで泣きそうだぜ？」

「あー。定番ですね……」

「分かってんだよぉ!?　分かってるけど、なぁ……。お、ありがとよ」

ダンが持ってきてくれた餃子定食を受け取り、御者さんはしょんぼり顔のまま餃子をがぶり。

「っ！　んまいっ！」

御者さんがニコニコな笑顔に戻って、餃子をもりもりと食べていた。

「このパリッとしているのに、もちもちの皮。こいつが引き締まった野菜たっぷりの肉ダネを包んで、完璧なおかずになっているんだよなぁ。見た目からはこれと米とが合うなんて想像もしていなかったぜ」

御者さんも魔族。やっぱり食レポが饒舌だ。

今度は娘さんを誘ってルヴィ食堂に連れてくると言っていた。小さな子ならかき氷なんかは間違いなく好きだろうし、お父さん株の回復のためなら、ちょっとはなにか手伝ってあげたいな、なんて思いつつお昼の営業を終了した。

◇◇◇

「――――ってことがあったのよね」

夕方、久しぶりに本物の方のヒヨルドが来たから、魔王が私の家に居座っていたときの話をしていた。

「あんのアホ上司！　一日消えたと思ってたら……」

仕事をサボっていて、その一端を私も加勢していたのかと不安になっていたら、まさかの返事。きちんと書類仕事をしていたうえに、いつもより進んでいたそう。

それならよかった。

（ん？　よかったのかな？）

「しかし、やっぱりアンタの飯は美味いな！　ミックスフライ定食、悪くない」

ちょっとだけ出が悪かったフライものをあわせ技にしてヒヨルドに出してみた。コロッケ二個、とんかつ半分、エビフライ一本、唐揚げ一個。

カレーのトッピング用にしててもよかったんだけど、フライ系って凄く美味しいんだよってアピールしたかった。

目論見は大成功。丁度、ヒヨルドがミックスフライ定食を食べているときに来たお客さんたちは、こぞって注文してくれた。

◇◇◇

魔界に来て半年がすぎたころだった。

わりと忙しくしているけれど、ルヴィ食堂をやるのは楽しいし、月の給料は前世の倍くらいになってるし、フォン・ダン・ショコラの分の給料も払えている。

三人にはそれぞれでお財布を作ってあげた。

魔王いわく、フォンダンショコラの三人は元々が魔獣だからお金を使うという概念がない。ちゃんとお金の知識を教え込めとのことだったけど、定食屋で代金をもらったり、お釣りを渡したりといったレジ業務もしているし、今のところ問題ないと思う。結構ほしいものなんかも私に言ってくるし。人型になれる怪しい指輪の魔具のことはスルーすることにしている。だってあんなに楽しそうに過ごしているのに、今更フォン・ダン・ショコラたちにケルベロスな魔獣型で過ごしてね、なんて、可哀想で言えないもん。

魔王は相変わらずお店にくる。私の居住スペースにもくる。

なんで休みの日は魔王と一緒に過ごしてるんだろうと思うけど、そこにツッコミを入れたら魔王は来なくなってしまうかもしれない。そうしたら、なんだか淋しいし、悲しい。そんな気持ちが芽生えてしまっている自分に、少し驚いたりしている。

魔王の胃袋は陥落している気がするけど、私の心も陥落している気がする。まだ、認めたくないから考えないようにしているけど。

「おかわり」

「はーい」

今日も魔王は、唐揚げ追加トッピングでカレー。色々と浮気はするものの、結局カレーに戻るらしい。

カレーの種類を増やしたらどうなるんだろう……と、心の中で悪魔ルヴィちゃんが囁く。

しかし、何種類もカレー作るのは面倒だぞ、と別の悪魔ルヴィちゃんも囁く。

「ねー、私はどっちの悪魔に従った方がいいと思う？」

「……なんの話だ」

「いやぁ、悪ーい計画遂行する悪魔ルヴィちゃんか、怠惰の悪魔ルヴィちゃんか……どっちの悪魔に従うべきか迷ってるのよね」

「説明が雑すぎて、意味不明すぎる」

「だよねー」

◇◇◇

「そんなこんなで、悪い計画を遂行する悪魔ルヴィちゃんの囁きに従いました！」

「…………？　そうか。オムライス定食」

心の声である悪魔ルヴィちゃんの相談をした三日後、魔王がお店に来たので報告したら、軽やかにスルーされた。

「却下します！」

「……」

「新作を食べろ！」

「ん」

（よし！）

「まてまてまてまて！　今の流れで魔……お主はなぜ受け入れとるんじゃい！　立場を考えいっ！」

隣に座っていたおじいちゃんが全力ツッコミしてきた。魔王に新作食べさせたいのに余計なストップをかけないでほしい。せっかく悪魔ルヴィちゃんに従って、カレーの種類を増やしたのに。

「ルヴィは人の話を聞かない」

「そうじゃが。……そうじゃがっ！」

おじいちゃんがじゃがじゃがうるさい。

「じゃが？　あ、肉じゃが定食ってよくない⁉」

「な？　話、聞いてないだろ？」

「……」

魔王の謎ツッコミで、おじいちゃんが無言になって頭を抱えていた。

「おまたせしましたぁ。バターチキンカレーていしょくです！」

魔王に肉じゃがの説明をしようとしていたら、ショコラが新作、バターチキンカレー定食を運んできてくれた。

（ショコラは今日も可愛い、ありがとう！）

無言でカレーを食べ続ける魔王を眺める。あまりにも無言すぎて、美味しかったのかどうか気になってきた。

「で、どうなの？　美味しい？」

「……」

魔王は無言で頷くだけで、手を止める気配がない。

これはバタチキがとても好きだったパターンだな。心の中で「よしよし。ならば、いっぱい食べなさい」と頷きながら微笑んでいたら、おじいちゃんも食べたいと言い出した。

「味見用のミニカレーにする？」

「する！」

既に食事を終えていたおじいちゃんにミニカレーを渡しつつ、ふとナンの存在を思い出した。今度作ってみようと、心のノートにメモをした。

「むおっ……なんだこのまろやかなのにスパイシーなカレーは」

「バタチキカレー」

「バタチキとはなんじゃ」

なるほど、そこからか。

バターチキンカレー。それは、魅惑のカレー。

鶏肉は、おろしニンニク・おろし生姜・ヨーグルト・カレー粉で作った漬けダレに三〇分ほど漬け込む。鍋にたっぷりのバターを入れ玉ねぎをしっかりと炒めたら、さいの目切りにしたトマトと鶏肉を漬けダレごと入れて煮込む。

　ここからは好みによりけりだけど、私は辛めのカレー粉を足して、クリームを入れて、更にひと煮立ち。

　ご飯にもパンやナンにも合う、魅惑のバターチキンカレーの出来上がり。

「……作り方をそんなに簡単に言ってええんかの？」

「えー？　いいんじゃない？」

　カレーって、なにをどれだけ混ぜるかで味が物凄く変わってくる。お店のスパイスはオリジナル配合が当たり前だろうし。

　前世でのカレーは、各家庭でオリジナルの作り方があったりと、かなりアレンジが利くものだった。違うブランドのルウを混ぜるとか、ソースを入れるとか、コーヒーを入れるとか、カルダモンなどのスパイスを更に足したりとか、アレンジの仕方は本当に人それぞれなのだ。

「自分だけのオリジナルカレーを作ってみるのとか、楽しいよ？」

「ほぉ。確かに楽しそうじゃ」

　おじいちゃんがワクワクとした顔で、料理はほとんどしたことがなかったが作ってみたくなったと話していたら、カレーを食べ終えた魔王が私をじっと見ていた。

「どしたの？」

「…………俺は、ルヴィの作ったカレーがいい」

「っ――――！」

真顔でじっと視線を合わせて、低い声で呟かれた。

心臓がバクバクと早鐘を打っている。魔王的にはただバタチキカレーのできを褒めただけかもしれないのに、私の心はその言葉が愛おしさからきた想いだと認識してしまっていて、全身が熱くなってきていた。

「ありがとう、料理人冥利に尽きるよ。あははは！　デュラハンのアレハンドロさんも気に入ってくれるかな？　いつも無表情か怒ってばっかりだから、笑ってほしいんだよね」

辛口カレー派のアレハンドロさんは、元々王城勤務の近衛兵さんで、近ごろ部署異動したのだと言っていた。国の偉い人に、王都を警邏しながら近況を報告するよう言われているのだとか。

「……なぜそこでヤツの名前が出る」

「えっと、知り合いだよね？　アレハンドロさん、カレーが好きだしなーって……」

照れ隠しに口を滑らせてしまった。魔王から怒りのような感情が漏れ出てくるなんて、想像してもいなかったから、余計に必要のないことまで話してしまっている。

「……ヤツが俺と知り合いだと？」

近衛兵って王族直属の部隊だし、てっきり魔王の部下だと思っていたんだけど。もしかして違ったんだろうか？

「ちょっと前にお店に来たときに、近衛兵って言ってたから」

「笑ってほしいということは、ヤツはここで食べているのか」

「え？　うん」

「持ち帰りじゃなく？　店でか？」

魔王の質問の意図がよく分からない。

「う、うん。お店で食べて帰ってるよ？」

「…………なるほどな」

魔王はなにかを納得したような返事をして、すくっと立ち上がった。そして代金分のウパを支払うとパシュンと瞬間移動で消えてしまった。

（え？）

「あっちゃあ。ありゃぁ、勘違いしとるぞ？」

「え？　なにを？」

「お前さんがあのデュラハンのことを好きだと」

「え？　なんで⁉」

ナマズなおじいちゃんに大きな溜め息を吐かれた。そして、そんなことは本人に聞けと言われてしまった。

聞きたい本人が消えちゃったのに。魔王への連絡の仕方なんて知らないから、聞きようがない。

■■■

ルヴィが各家庭でオリジナルのカレーを作ることを推奨していた。

俺は――――。

「俺は、ルヴィの作ったカレーがいい」

「っ⁉」

俺はルヴィが作ったものを毎日食べていたい。今まで食べたどんなものよりも、格段に美味いから。

魔王城では魔界の中でもいい素材も使っているし、腕が確かな料理人たちばかりだ。だが、味気ない。ただの高級な食材を使っただけの料理だ。

だが、ルヴィの料理は全く違う。

材料はわりと安めのものを使っているし、本人もそう公言している。原価と売価などかなり考えて営業していた。そんな安価な食材なのに、異様なほどに美味い。身体に染み渡るような、温かな味がする。

一切の魔力がないただの人間のルヴィ。不思議なことに、ルヴィの手料理を食べた魔族は、ありえないほどの魔力回復を体感する。

そして、ルヴィが作った料理の虜になる。

俺は誰かが作ったよく分からないなにかより、ルヴィが作ったものがいい。そう思っていたら、無意識のうちに口から零れ出ていた。

「ありがと、料理人冥利に尽きるよ。あははは！　デュラハンのアレハンドロさんも気に入ってくれるかな？　いつも無表情か怒ってばっかりだから、笑ってほしいんだよね」

そう言って、真っ赤な顔になるルヴィ。

ウェーブしたピンク色の艶やかな髪をひとつまとめにしているから、表情がよく見える。

頬を赤く染め、視線を彷徨わせ、少し俯いてはにかんだ。理由は『アレハンドロの笑顔が見たい』からなのだと。

いつの間にアレハンドロとそんな仲になっていたんだろうか。と考えれば考えるほどに、嫉妬の炎が溢れ出しそうだった。

俺は、ルヴィが誰と話そうが仲よくしていようが、口出しなどするつもりはなかった。アレハンドロが、親父の命令で俺の周囲を探っていることは承知していたし、ルヴィの周囲をうろついていることも知っていたが、意図的に放置していた。

まさか、ヤツが素顔を晒したり、人前で食事をするなど、思ってもみなかった。

ルヴィの顔を見れば分かる。あれは恋をしている顔だと。

頬を染め、目を泳がせ、誤魔化すように照れ笑いして、更に頬を染める。まるで春の陽気で目覚めた花のような微笑みを零していた。

……あぁ、全てを破壊しつくしたい。こんなにもどす黒い想いと、衝動に駆られるのは久しぶりだ。なにもかもが塵と化し、風に飛ばされて、この世から消えてしまえばいいのに。

気付けば、アレハンドロの目の前に立っていた。ここがどこだかは知らない。ただ目の前にアレハンドロがいる。それだけで充分だ。

「魔王陛下？」

「…………死ね」

「なっ⁉」

掌に氷の短剣を作り出し、勢いよく飛ばした。アレハンドロが慌てた様子で剣を抜いて、飛ばした氷剣を弾いた。

首を小脇に抱え、片手でしか戦えないくせに、そこそこ強い。そして、驚くほどに自制心がある。口は多少悪いが、異性や立場の弱い者にも優しい。魔族は強さこそが地位と言っても過言ではないのにだ。

（本当に、嫌な男だ……）

「魔王陛下！　なぜ急にっ、このような……っ！」

「いいから、死ね」

「いい加減にしろ！　お前が本気なら瞬殺できるくせに、そうしないということは、これはただの腹いせだろう⁉　ふざけるな！」

アレハンドロがやっと本性を現した。

火属性の斬撃を飛ばしてきた。しかも一〇発も。同数の氷剣で相殺する。さっきから俺は氷の短剣を一本ずつしか投擲してなかったのに、一〇倍返しで攻撃してきた。

前から思っていたんだ、コイツは絶対に本性を隠していると。

「お前みたいな性格の悪いやつが、なぜ愛される」

「知るか！」

「ミネルヴァはお前の本性を知っているのか？」

「――――は？　なんの話だ？」

「ミネルヴァを泣かせるのは……我慢ならん」

「は？　待てよ！　本当に意味が分からないんだが⁉」

困惑したように話しつつも、斬撃は連発してくるし、斬撃の後ろに別の魔法まで隠して飛ばしてきている。コイツは本当に性格が悪い。

（ルヴィ。本当に、こんなやつがいいのか？）

◇◇◇

魔王が目の前から消えた。

おじいちゃんいわく、私がアレハンドロさんのことを好きだと勘違いしたから、らしい。

（なんで？）

「だからって、あんなふうに消えなくてもいいじゃない……」

「そっ……そうじゃが」

おじいちゃんがカウンターで頭を抱えて俯いてしまった。

「通信まほ――あぁ、使えんかったか。連絡手段は？」

「連絡？　したことない。いつも魔王が勝手に来てただけだし」

「……」

　おじいちゃんが絶望的ななにかを見たような顔をしているけれど、私のせいなの？　私の方が絶望的な気分だ。今日の営業を中止したいくらいに、酷く悲しい気分になっている。

「なんで、そんな勘違いするの」

「いや、まぁ、それは仕方ないというか……」

「私が悪いの？」

「そうじゃないが……っ、あーっもぉ！　ワシは知らんっ！　お互いにちゃんと本音を話すんじゃ、それしか解決法はないっ！」

　おじいちゃんは呆れつつちょっと怒りぎみに帰っていった。

　夕方前の暇な時間でよかった。しかも今日はお客さんが少なめだったこともあり、今は誰もいない。少しだけ……少しだけ休憩したい。

　カウンターに座って、お皿を洗うショコラをぼぉっと見つめる。お耳がピルピルと動いて可愛い。

　チラチラとこっちを見てくるので、笑顔を返したのに、なんでか悲しそうな顔をされた。

「るゔぃちゃん、だいじょうぶ？」

「っ……うん、大丈夫！」

「まおうさまに、ひどいことされた？」

「ううん。されてないよ」

ただ、勝手に悲しい気持ちになっているだけ。なにも言わずに立ち去るのはいつもだけど、あんなふうに怒って消えなくてもいいじゃない。

元気な振りして、どうにか夕方の営業も終わらせて、居住スペースに戻った。今日は本当に疲れた。お風呂に入って癒されたい。

バスタブにしっかりと浸かって、目を閉じる。ゆっくりしたいのにぐるぐると余計なことを考えてしまう。

「はぁ……」

お風呂から上がり、髪の毛を乾かしながらリビングに向かった。

久しぶりに、少しだけでいいからお酒が飲みたい。そんなに強くないし、そんなに好きでもないけれど。お酒の力でモヤモヤした気持ちを掻き消してほしかった。

三人掛けのソファに座り、ローテーブルに手を伸ばす。凍らせたカットフルーツ入りのグラスと甘くて軽めの赤ワイン。お風呂に入る前に用意していたから、丁度いい具合にフルーツが半溶けだった。

グラスにワインを注ぐと、カラフルなフルーツたちが可愛くプカプカと浮いてくる。

「んっ、おいし」

甘くて冷たくて美味しい。

だけど、このフルーツを凍らせたのは魔王だったなぁ、と思い出してしまったら、途端に酸味と苦味を感じてしまう。

「……ここにいたか」

当たり前のように現れるのよね、この魔王。

ふいっと顔を逸す。無視してグラスを傾けていると、魔王が隣に座ってきた。体も逸して魔王に背中を向けた。

「……怒っているのか？」

後ろから、少しだけ淋しそうに聞かれた。

「べつに怒ってない」

「ルヴィ、こっちを向いてくれ」

「嫌よ」

「顔が見たい」

「嫌よ……」

「ミネルヴァ」

初めてちゃんとした名前を呼ばれたような気がする。返事なんて、しないけど。

「…………好きだ」

後ろにいた魔王から、柔らかく抱きしめられた。

お腹に腕を回され、魔王にすっぽりと包まれて、背中だけでなく全身が温かくなった。

耳元で囁かれた言葉は、酷く掠れていたのに私の中で甘く響いた。心臓が締め付けられて、息苦しい。

「っ……」

「ミネルヴァ。ルヴィ」

「苦しいわ。離して」

「…………嫌だ」

離してって言ったのに、魔王は更に強く抱きしめてくる。

「なにも言わずに消えたり、勝手に出てきたり。嫌いよ」

「消えたのは…………アレハンドロを殺して、お前を手に入れたかったからだ」

（は⁉）

「こっ……殺⁉」

「失敗した」

（びっくりしたぁ！）

ちょっと、本気で心臓止まるかと思うくらいにびっくりした。

失敗したってめちゃくちゃ悔しそうに言ってるけど、アレハンドロさんは大丈夫なの⁉　魔王と渡り合えるくらいに強いの⁉　と確認したら、魔王の腕にグッと力が入った。そして、自分の方が強い、手加減してやっただけだと、なんとなくイジけたような声で言われた。

「ルヴィ」

「……」

「……ルヴィ、ルヴィ」

返事をしないといけないみたい。ずっと名前を呼んでくる。また愛称に戻ったけど。

「なに？」

「こっちを向け」

抱きしめてるくせに、振り向けという魔王。そんな無茶な。振り向いてほしいのなら、腕の力を緩めなさいよ。

「締め付けられてて振り向けないのよ」

そう言ったら、逃げるから嫌だと言われた。

「……じゃあ、私も嫌よ。絶対に振り向いてあげない」

「ふっ。悪い女だ」

「そうよ。私は悪役令嬢だもの」

「悪役なのか。『役』だから本当は悪い女じゃないのか？」

「さぁ？　どうかしら？　それは魔王が確かめて？」

魔王の腕の力が抜けたので、体を捻って魔王の方に向き直る。

両腕をスルリと伸ばして魔王の首にかけると、少しだけ目を見開かれた。

「――――ウィルフレッドと」

「ウィル」

「ん。お前はやっぱり悪い女だな」

「そんな女を好きになったのはウィルでしょ？」

くすりと笑ってそう伝えると、ウィルが一瞬固まった。そして、くすくすと笑いながら「ミネルヴァはいい女だな」と、とても柔らかい声で囁いて頬に優しくキスをしてきた。

少しだけ離れて見つめ合う。

なんとなくウィルの黒い角にそっと触れると、ふるりと体を震わせていた。

「どうしたの？」

「……くすぐったい」

「へぇ？」

「おい。悪い顔してるぞ？」

「んふっ。魔王の弱点発見しちゃったのかなって」

そう言ってもう一度ウィルの角に触れると、パシリと手首を掴まれてしまった。

「全く。油断も隙もないな」

見つめ合って数秒して、どちらともなく重ねた唇は、ワインにしては甘い香りに包まれていた。

第八章　バレていた

首筋がくすぐったい。

「ウィル」

「ん？」

「くすぐったいわ」

ベッドで後ろ抱きにされ、首筋に何度もキスされている。

好きっていう淡い想いを伝え合っただけのはずなのに、気付いたらウィルと朝チュンしてるんだけど？　どゆこと？　いやまぁ、全部覚えてますけどね。

恥ずかしくて、照れくさくて、でも嬉しくて、やっぱり恥ずかしい。

身体を捩ってウィルの方を向いた。胸板に顔を埋めて恥ずかしさを誤魔化していると、ウィルがギュッと抱きしめてきた。

「ここに住む」

「え？　ここに住むの⁉」

「ん。計画通りしっかりと俺の餌付けをし続けろ」

「へっ⁉」

（なっ、なんでそれを知ってるのぉ⁉）

魔王の餌付け計画が本人にバレていた。完全にパニックだ。

私の後ろで魔王が魔王のような笑い声を上げている。私はなにを言っているんだろうかとは思うけど、本当に魔王っぽいのだ。いや、本当に魔王なんだけどね。

「ん。俺の目の前で、デカい声で言ってた」

「……本当に？」

「ん、普通に言ってた。可愛いかった」

首筋にちゅーっと吸い付いてくる。

ちょっ、やめぇい！　これ以上甘い空気とか出すの禁止！　痕とかつけるな！　と叫んだ。私は今から仕事なのだ。既にお天道さまが昇っている。今日は土曜日、ルヴィ食堂はかき入れどきだからお店を休むという選択肢はない。

「あっ、魔王！　仕事は⁉」

「ウィル」

「もぉっ。ウィル！　仕事は？」

「……ある。魔王城に戻る」

（仕事あるんかーい！）

しかもいつもなら既に始業している時間だったらしい。そういうのは駄目でしょっ！　大人として、絶対に駄目でしょ⁉　と怒って、慌てて貯蔵庫から作り置きのサンドイッチを箱に詰めて、朝兼昼ご飯としてウィルに渡した。

「いってらっしゃい」

「っ⁉　んっ！」

ほっぺにチュッとキスして、はよ行け！　と手を振っていたら、瞬間移動で消える直前にウィルが、ほにゃっとした笑顔になった。それは、世界を崩壊させられるんじゃ？　と思うほどに、甘く緩んでいた。

◇◇◇

ダンと二人でバタバタと開店準備をして、お客さんたちを迎え入れる。

最近は開店と同時に何人か来てくれるようになっている。

「ミネルヴァちゃん、なんかいいことあった？」

「えー？　なんでですか？」

「なーんか、いつもより楽しそう？」

「いつも楽しいですよー」

カウンターに座っているハルピュイアのシモーヌさんがスンスンと鼻を動かした。

「強くて濃い魔力の匂いがするのよねぇ？　フォン・ダン・ショコラちゃんじゃないもの。別のオスの濃厚なマーキング臭……っていうか、彼氏出来たでしょ？」

「っ、匂い⁉」

恐ろしいほどに的確なことを、わりと普通の大きさの声で言われて、慌てすぎて持っていたコップを落としかけた。

「そそそれより、シモーヌさんがこの時間にくるの珍しいですね⁉」

「……思いっきり話を逸したわね。まあいいわ」

シモーヌさんとジュリーさん、二人で新作の開発をしていて徹夜明けらしい。こんな日は一切ご飯を作りたくないので食べに来たそうだ。

「ジュリーはさっき寝たから、夕方に食べにくるんじゃないかしら？」

「シモーヌさんは寝なくていいんですか？」

「私はご飯食べないと寝れないのよぉ」

私もシモーヌさんと一緒で食べないと眠れない派だ。そんな人向けにさっぱり系の定食なんてのもいいかもしれない。

「ほら、あちぃから、ゆっくりくえよ」

「ダンちゃん、ありがとぉ」

「ちゃんづけするな！」

「もぉ、ツレないわねぇ」

ダンがシモーヌさんが注文したクリームシチュー定食を運んできてくれた。ダンは口は悪いけれど、優しさが滲んでいるので、注意せずそのままにしている。

そんなツンデレ具合がいいと人気だし。

夕方、おじいちゃんが来たので「コトは丸く収まりました」と報告すると、報告の仕方がなにか違うとボヤかれた。こういうときはスルーするのが一番。

ちょこちょこ接客しつつ、鮭っぽい味だったレヴィアタンの切身を焼き網で焼く。

暇な時間にちょっと抜け出して魚屋さんに行ったら、骨がほとんどないピンク色の身をしたレヴィアタンという名前の魚が置いてあった。試しに焼いてみたら、物凄く鮭だった。

「なんじゃい、いい匂いがするの？」

「朝食系の定食ってのもいいかなぁと」

「ここの営業は昼からじゃろがい」

確かにお昼ちょっと前からの営業だけど、朝は人それぞれだし、いつ食べてもいいじゃない。徹夜明けとかに、ちょっと軽めに食べたりとかね。

とりあえず今考えているのは、『おにぎり軽食』と『お茶漬け軽食』だ。

おにぎり軽食は、レヴィアタンのほぐし身と甘辛い鶏そぼろのおにぎり、それと玉子スープ。

お茶漬け軽食は、レヴィアタン茶漬けと卵一個分の玉子焼きに大根おろしを添えて。

両方ともに、きゅうりの浅漬けもつけようかなぁ。

「なるほど、『軽食』とな」

「そっ！　お値段も今やってる定食類の半額くらいにしようかなぁ」

分かりやすい金額設定が一番！　お客さんも私も計算しやすい。コレほんと大事。

そんなことを話しつつ、あちあちと言いながらおにぎりを握って、海苔を巻いて、ペイッとお皿に並べる。

海苔がこの世界にあってよかった。

「ほぅ、オニギリとはそういう料理か。どうやって食うんじゃ？」

「んんっ？」

よくよく聞いてみたらおじいちゃんは、なにかは分からないが『軽食』という言葉に納得していただけだった。

海苔はあるのに、おにぎりは知らないらしい。海苔はどんな料理にどう使っているのかと聞いてみた。

「スライスチーズでミルフィーユにしたり、くしゃくしゃと丸めて千切って薬味にしたりじゃな。ごま油を塗って炙って塩振って齧ったり？」

「……酒飲みメニューなのね。うん、海苔チーズミルフィーユは美味しいもんね」

おじいちゃんは牛丼定食を頼んでいるけど、おにぎりも入ると言うので、試食をお願いした。もともと、試食できるよって人が何人かいたら渡そうと思っていたから、丁度よかった。

「俺も食う」

「うわっ⁉」

居住スペースとの通用口から魔王降臨。

「……ふむ。そこから出てくるか」

おじいちゃんがニヤリと笑いつつ、ウィルにツッコミを入れていた。ウィルはウィルでニヤリと笑いつつドヤ顔をしていた。

(なんなのこの二人……)

おじいちゃんとウィル、店内にいた黒い羽の魔族兄妹二人にもおにぎりを試食してもらった。

ウィルの登場で顔を真っ青にしてたから、お詫びも兼ねて。

評価は概ね良好。改良点は、海苔が噛み切りづらいということ。それを改良するの簡単だから大丈夫。剣山的なもので細かな穴を開けておけば、歯切れがよくなる。コンビニとかもそういう工夫がされている、って前世で見たから。

「このおにぎり、サンドイッチみたいに持ち運んで外で食えそうじゃのぉ」

「おっ！　流石おじいちゃん！　それ正解っ！」

おにぎりといえばお弁当だよね。前世のお弁当って冷えていても美味しいと思えてたのはなんでだろう？

「愛情とかいう不確定要素ではない気がするけど……」

「「……」」

冷えたお弁当の話をしていたら、ウィルもおじいちゃんも私の現実的な思考にドン引きだった。

そこは愛情でいいだろうって言うけど、絶対に違うと思うんだよね。

(味付けかなぁ？)

お弁当に入れるおかずってある程度定番化してたしなぁ。

「おかわり」

「おにぎりでいいの？」

「ん。味は普通だが、なんか、美味い」

ウィルの好きなものって結構おこちゃま系だなぁと思いつつ、またおにぎりを握って渡した。

「よぉー、飯く――――ウゲッ、なんでいんの？」

ドアを開けて気だるそうに入ってきたヒヨルドが、カウンターにいたウィルを見て、変な声を出していた。

「悪いか？」

「悪ぃよ。また仕事ほっぽらかして来てねぇ？　あ、俺オムライス定食な」

二人がここに揃ったのって初めてな気がする。仲がいいのか悪いのか、ヒヨルドは文句を言いつつもウィルの隣に座った。

「はーい、おまたせしましたー」

「おぅ。フォンありがとな」

ヒヨルドにオムライスを渡したあと、フォンがヒヨルドに質問をしていた。ウィルはそんなに仕事をさぼっているのかと。あんまりさぼると私から怒られるけれど大丈夫かな？　とかなんとか聞こえてきた。

ヒヨルドが、友達同士の軽口だから気にするなと言うと、今度はウィルに確認をしていた。

「さぼってないの？」

「……さぼってない。全部終わらせて来ている」

ウィルがぼそりと返事をすると、ダンとショコラが自分たちもお手伝いしたいと、通用口から現れた。

　仕事が楽しい時期らしく、ウィルがちゃんと働いてるなら、自分たちも働くんだとか、謎の理由だった。私的には助かるから大歓迎だけど。

「じゃぁ、ダンはウインナー持ってきてくれる?」

「おう!」

「しょこらは?　しょこらは?」

「んー、なにお願いしよっかなぁ」

　今日はいつもより賑やかだなぁなんて笑いながら、次の注文の準備を始めた。

◇◇◇

「ところで、本当にここに住むのよね?」

「…………今、ソレを言うか?」

　ベッドの中でくっついて、ちょっとイチャッとしていたらふと思った。だから、聞いてみたんだけど。どうやらウィル的に駄目だったらしい。

「いやね、ベッド狭いなって」

「ん。確かに」

セミダブルくらいのサイズではあるけど、ウィルって結構背が高いから、なんか圧迫感がある。

今度の休みに買おうかな。一緒に住むんなら、二人分の食器とかコップとかも揃えたいなぁ。

「魔王は？」

「ウィル」

「はいはい。ウィルはお仕事でしょ？」

「……俺も毎週水曜を休みにする」

まぁ、ウィルがそれでいいならそれでいいけど。魔王城的には大丈夫なのかな？

ちらりとウィルを見つつ聞くと、スッと目を逸らされた。分かりやすすぎない？　明らかにあんまりよくないって顔だよね？

「俺がいなくても回るようにしている。会議は……出てやらなくもない」

「てか、魔王ってなに？　なにをしてる人なの？」

「魔王」

（それは分かるけど……っ！）

魔王の仕事ってなによ？　人間界の征服とか？　魔族の頂点に立って魔族を率いてなんか物凄い魔獣とかを倒すとか、そういうことをしているのかと聞いたら、苦笑いされてしまった。

「物語の読みすぎだ」

物語の登場人物みたいな役職の人に言われたくない。

「ルヴィは、なんだか人間たちとも考え方がズレている気がする。いったい今までどんな生活を送ってきたんだ？」

「えー？　普通よ、普通。それより、魔王が毎日なにしてるのか、教えてよ！」

「ん」

魔王から聞く、日々の魔王。ちょっと面白い寝物語として、わくわくしながら聞いた。

魔王の一日の始まりは、わりと早かった。

六時、鍛錬場で戦闘狂の臣下たちを相手に訓練。魔法戦や肉弾戦、色々とやるそうだ。

八時、シャワーを浴びてから執務室へ。

魔王城で働く者たちからの申請書や嘆願書の確認。紛れ込ませているファンレターやラブレターは本人の目の前に飛ばして燃やす。

（燃やすってなんなの……⁉）

九時、各省庁との会議を日替わりで。魔界内での注意すべきでき事やイベントなど、多岐にわたっての報告が主。

一二時、各省庁とした会議の議事録確認。再考すべき案件やゴーサインを出していいものものときに決める。

一三時、謁見の予定があるとき以外は自由時間。このときに仕事を抜け出してルヴィ食堂にくることが多いらしい。抜け出せないときは、昼食後に鍛錬したりしているそうな。

一五時、書類の内容を確認し、サインをしまくる時間。魔王のサインが必要なものを読みまくり、延々とサインしまくっているらしい。

「なんにサインしてるの？」

「河川工事の予算とか、人間界と貿易するための製品リストとか、人間界での活動許可書とか……まぁ、色々だ」

一七時、夕礼の時間。各部署のトップたちが集まって今日あった報告すべきこと話したり、雑談したり。わりと面白いのでなるべく参加するようにしているそう。

「なにが面白いの？」

「ん？　ヒヨルドがヨルゲンにまた断られたとか、侍女の前にラブレターが飛んできて燃えたとかだ」

その手紙を燃やしているのは自分でしょうに。っていうか、やっぱりモテてるのね。毎日は入ってないって言うけれど、週何回か入っているのも相当凄いことだと思うんだけど。あと、ウィル本人に燃やされるって分かってて出す人たちも、なかなかに精神が強い。

「そもそもなんで燃やすようにしたの？」

「ん？　相手は俺に下心しかないだろ？」

「………うーん？」

どうなんだろうか。魔王っていう立場は、いわゆる人間界の国王とかにあたるんだろうし、そのうえ顔もいいから、そりゃそういうので擦り寄ってくる人はいないとは言えないだろうけど。そもそも、私もそのうちの一人だとは思わなかったのかしら？　餌付け計画立ててたしね。

「ルヴィは面白いから」

「……そこは綺麗だとか、可愛いだとか、優しいだとか、言うべきじゃない!?」

「んー、飯が美味いから？」

なによ、本当に魔王の餌付け計画が成功してるじゃない。どんなラッキーなのよ。悔しいことに、ちょっと嬉しくて顔が熱いし……。

「フッ。顔が赤い、照れているのか？」

「う、うるさいわよ。明日も早いんでしょ？　もう寝るわよ」

「ん。おやすみ」

ウィルに抱きしめられ、おでこにキスをされ、目をつぶる。

トクントクンと、ウィルの心音が聞こえる。人間も魔族も変わらないのよね。生きていて、好きな人とこうやって過ごすことに幸せを感じている。

安心感というか、多幸感というか、なんともいえない温かな気持ちが心地よい。

「んー、おやすみぃ、まおー……好きよ」

「っ……ん」

眠りに落ちる直前、唇に温かいものが触れた気がした。

第九章　人間界へ

ルヴィと暮らすようになって一ヶ月経ったころ。急遽人間界の国に行く公務が入ったと宰相より告げられた。

「俺が行かざるを得ない事態か？」

「はい。最低でも三日ほどの滞在時間の確保をしてほしい、と相手方から言われています」

人間の国と親交は色々あるのだが、ルヴィが生まれ育った『エーレンシュタッド王国』とは特に強い結びつきがある。あの国は特に魔族に対しての偏見が少なく、魔族の受け入れも行ってくれている。

そのエーレンシュタッドで人間の貴族の婚約者を奪って逃げた、という馬鹿な魔族の男が出た。人間の娘とその魔族の男が愛し合っていたのは周知の事実だったらしく、人間側としてはとにかく話し合いの場を設けたいのに、魔族の男が魔術を巧みに使っており、探し出せない。とのことだった。

「魔族の男の情報は？」

「こちらに」

「……なるほど、竜人か……分かった」

そうして人間界に行くことが確定したが、ルヴィには行き先を告げなかった。笑顔で送り出され、少しだけ心臓に痛みを感じた。

エーレンシュタッド王国の上空に浮かび、竜人の魔力を探っていると、すぐに目的の魔力を山の中で発見した。

情報より魔力が膨れ上がっていることを考えると、間違いなく目的の男だろう。

緩やかに飛行し、いくつも掛けられた隠蔽魔法を解除しながら近づいていると、山を揺らすほどの咆哮が轟いた。森から一斉に大量の鳥たちが飛び出し逃げ惑っている。

「俺に向かって吼えるか。番とともに消し炭になりたいのか？」

声に魔力をのせそう伝えると、咆哮はピタリと止んだ。これで話し合いができるだろう。

二人の隠れ家の前に降り立つと、魔族の男が家の前で片膝をつき臣下の礼を取っていた。

「魔王陛下、大変御無礼を――」

「いい。お前が番を見つけられたことに関しては、心から祝福をする」

ルヴィという最愛を得て、心から愛する者ができるのは奇跡に近いことだと気付いた。だからこそそう声をかけると、竜人の男が更に深く頭を下げた。

二人に事の成り行きを話し、家族や相手の婚約者と話し合うように伝えると、二人は両親たちに反対されていないと知り、驚いていたようだった。

とりあえず問題は二時間ほどで解決させたのだが、そのあと噛み付くの『ついで』の話し合いや晩餐会に時間を取られることになるとは、このときは思ってもいなかった。

エーレンシュタッドの王城にて国王に竜人を見つけた報告をすると、感謝として晩餐会を開きたいこと、貿易などの話も少ししたいので、明日の朝から会議ができないか、と聞かれた。

逃走した竜人と貴族の娘のことは確かに了承した。

基本は穏やかな竜人だが、番を見つけると他のものや周りがなにも見えなくなる。魔力も多く戦闘種族でもあるため、人間には本気になった竜人への対処法はなにもない。そのため、なにかあった場合は俺が動くことになっている。だからこそ今回の件も了承したのだが――。

たぶん、三日ほどの時間を作ってほしいと言っていたのは、捜索がすぐに終わった場合に、これらをあと出しするつもりだったからだろう。

「どうですかな？」

「まあ、いい。了承した」

ルヴィに人間界の土産でも買って帰るのもいいだろう。

晩餐会は立食形式でダンスなども行われ、とても豪勢なものだった。並んでいる食事は魔王城で食べているものと遜色ない。

つまりは、ただの豪勢な料理で、食べたいという気持ちが起きないもの。

給仕からワインを受け取り飲む。高級なものを飲んでも食べても、そこまで美味いと感じない。美味いは美味いが、美味くない。不思議なものだ。

「魔王陛下、紹介させてください」

エーレンシュタッドの王太子が人間の女を連れて挨拶に来た。最近結婚したらしいから妃だろう。

「魔王のウィルフレッドだ。よろし――ルヴィ……？」

「へ？」

緩やかなウェーブを描いた金色に近い髪と、零れ落ちそうなほどに大きなオレンジ色の瞳。色合いは似ていない。顔も似ていない。なのに、ルヴィと同じ波動を感じる。

（……いや、別人か）

「すまない。知り合いに波動が似ていたもので」

失礼を詫び、挨拶をやり直そうとしていたら、王太子妃がズイッと近付いてきた。

（他人との距離感の近い女だな……）

「そっ、そのルヴィというお方は、魔族の方なのでしょうか⁉」

「シセル⁉」

「…………なぜ、ルヴィを気にする？」

王太子が焦ったような顔なのも気になるが、シセルというらしい王太子妃の反応と波動も気になる。

「ルヴィというお方が、女性で人間だったらと……」

「…………なぜだ」

「私の、姉だからです」

ルヴィを姉と呼ぶ女。

ルヴィの妹と名乗る女。

ルヴィと同じ波動を出す女。

「お前の言う『ルヴィ』の本当の名と特徴を言え」

「魔王陛下！　私の妻にそのような言葉遣いをしないでいただきたい！」

「殿下は黙ってて！　ルヴィは私の大切な姉で、ミネルヴァといいます。特徴は――」

王太子妃の口から出てきた姉の特徴は、ルヴィそのものだった。

「お姉様を知っているのですか⁉　お姉様は無事なのですか⁉　お姉様っ……………ミネルヴァ姉様っ……」

ルヴィと同じような波動を放つ女が、目の前で泣き出した。ずっと心配していた。なにも連絡がなかったため、もしかしたら……と不安になっていたらしい。

波動は、オーラや心の本質などとも言えるようなものだ。人間にはほぼ魔力がないが、この波動は誰しもが持っている。

波動が合う合わないで相性が決まったりもする。が、私は特に気にはしない。なぜなら、俺とヒヨルドの波動は心底合わない。が、考え方は合うし、仕事はしやすい。ガキみたいな喧嘩をしても、翌日にはいつも通りともに仕事をしている。

ルヴィの波動は、どうということもない普通の波動。悪女で追放されたということが信じられないほどに、普通。

この妹という女もそれと同じだった。ただただ素朴なのだ。貴族特有の圧力に近いような主張がない。

（なにかが変だ）

「ルヴィは……ミネルヴァは、なにをして人間界を追放になった？」

「っ⁉　まさか！　あの性根の腐った悪魔のような女は、魔界で生きてい――ギアァァッ」

喚き散らし出した王太子の顔面を鷲掴みにする。怒りで握り潰しかけたが、すんでのところで我慢した。

なにがあろうと、俺のルヴィを悪く言うことは許さない。たとえ、王太子の近衛騎士たちに剣を向けられようとも、絶対に。

「お前はそれ以上、口を開くな。喋るな。殺すぞ」

「魔王殿！　これはいったいなに事かね⁉」

俺の怒りに気付いたのだろう、近くで歓談していた国王が慌てて走ってきた。私に剣を向けている近衛騎士たちを片手で制しながら。

「人払いをしろ。怒りでこの国ごと吹き飛ばせそうだ」

「っ！　総員っ――」

俺のその言葉で、流石にまずいと判断したらしく、王太子は顔を青ざめさせていた。エーレンシュタッド国王は、騎士たちに指示を出し、晩餐会を強制的に終了させて、国王、王太子、王太子妃、そして俺の四人が会議室に集まった。

「まず、ミネルヴァ嬢は魔界で暮らしているというのは誠かな？」

「その女と同じ波動のミネルヴァで間違いないのであれば、そうだろう」

「すまないね。私たち人間には波動は読めないのだよ」

（全く。不便なものだな）

「まぁ、先ほど確認した限り、その女の言う姉と俺の知るミネルヴァは同一人物の可能性が高い」

「あの女、生きて――」

「っ！」

「お前は口を開くなと言ったが？」

なにかを言いかけた王太子に魔法で作った氷の短剣を飛ばす。鼻先で止めてやったことに感謝してほしいものだ。

グスグスと泣きすすり続ける女も煩いが、波動がルヴィとほぼ同じせいで、どうにも強く言えない。

「煩い。鼻をすするな」

「ごっ、ごめんなさい」

ルヴィの妹だとかいう王太子妃が顔を青ざめさせているが、これでも優しい方だ。普段なら会話をする前にサイレントの魔法で黙らせている。

「まず、ルヴィの仔細を知りたい」

ミネルヴァ・フォルティア侯爵令嬢。

生まれたときから王太子妃候補として育てられていたものの、ミネルヴァの妹であるシセルと王太子が恋に落ち、歯車が大きく狂っていく。

　王太子と想いを通わせていく妹に嫉妬し、夜会用のドレスを破ったり、ワインを掛けたりと、幾度となく手酷い仕打ちをしていた。家では食事に微量の毒を盛ることも多々。

　王太子と妹のシセルが婚約をしたことにより、更に仕打ちは酷くなっていった。ついには暴漢を雇い、妹を襲わせ、亡き者にしようとしたのだ。それを王太子が未然に防ぎ、シセルを救出。暴漢とシセルの証言で犯人はミネルヴァだと発覚し、裁判にて糾弾のち魔界送りの刑となったらしい。

（アレが侯爵令嬢？　本当にルヴィの話なのか……？）

ルヴィの生い立ちと人間界を追放されるまでを聞いたが、俺の知っているルヴィと違いすぎる。あのルヴィが、そんなことをするとは到底思えない。

　人間が魔界送りにされても特に気にしていなかったので、俺への報告は不要としていた。なぜなら、どうあがいても魔獣たちに殺されるだけだから。

　稀に生き残れる者もいるが、魔法の使えない人間は魔族にはどうやっても勝てない。よほど狡猾でない限りは、まぁ……野垂れ死ぬか奴隷になるかだ。

　更に稀にルヴィのようなパターンや、奇跡的に獣人系に拾われて溺愛される者もいる。そこらへんは拾ったやつの責任ということにしている。

　今後、報告をもらうようにするべきか。だが、生き残れるのは本当に稀だ。その稀のために他国からも含めると年一〇〇〇件近い魔界送りの報告は……あまりにも現実的ではない。これは一応保留にしておこう。

「国王陛下、魔王陛下、発言をお許しください」

王太子妃が国王と俺に伝えたいことがあるという。

「許可する」

「お姉様は、お姉様ではありません」

「「……は？」」

初めは、なにを頭のおかしなことを、と思った。が、聞くうちにそれは真実かもしれないと、確信のようなものに変わった。

ある日、「ケーキに毒が入れられている！　食べないで！」とミネルヴァが叫び出したそうだ。しかも入れたのは自分だと。そう言い出したのはミネルヴァがガゼボでお茶をしよう、仲直りしたいと言い出してお茶をしていた席でだったらしい。

シセルは今度はどういった方向性の嫌がらせなのだろうか、と辟易していたらしい。ところがあまりにも慌てふためくミネルヴァの姿になにかが変だと思い直した。

「その、あまりにもお姉様がニヤニヤとしながらお茶を差し出してくるものですから、私とお姉様のカップを入れ替えたんです」

「――――は？」

「……っ、お姉様にも謝ったのですがたぶんあのとき、本当のお姉様は死んだのではないかと」

「「はぁ⁉」」

ミネルヴァが紅茶を飲んだ瞬間、ピタリと止まって、虚ろな目になった数分後、急に慌てふためき出し『ケーキに毒が入っている、いや、ヒロインは食べない！　あれ？　なんでだっけ？あ、紅茶を飲んで、手が震えて、ケーキを落として、リスが食べて、リスが死んだんだ！　てか、コンプライアンス！　いや、確かに害獣扱いだけどまじでどぉなってんの⁉』と叫んだらしい。

物凄く、俺が知っているルヴィだ。驚くほどに、ルヴィのいつもの口調だ。

眉間を揉みながら考える。が、意味が分からない。

「それから、お姉様はこの世界でなにがあるのかを教えてくれました。そして、私には幸せになってほしいと。自分は来月には断罪されるから、それを受け入れる……振りをすると」

「「ん？」」

（振り、だと？）

ここまで悪事を働いているから、人間界は生きづらい。魔界って結構過ごしやすそう。魔界に入ってすぐの森で魔獣をどうにかやり過ごせば魔界の王都のようなところに入れる。入ったらこっちのもの。料理は得意だし、一人暮らしもずっとしていた。働くことに拒否感もない。仕事さえ見つけられれば、普通に生活ができる。と言い出したらしい。

思考の飛んでいく方向が、完全に俺の知っているルヴィだった。

◇◇◇

ウィルが、なんだかしょんぼりとしながら大きな仕事が入ったので、数日間留守にすると言ってきた。

魔王なんだからそれはそれは大変な仕事なのだろう。頑張ってきてね！　と笑顔で送り出したら、なぜか渋い顔をされた。ウィル的には淋しがってほしかったらしい。

ウィルって、可愛いところがけっこうあるのよね。

久しぶりに一人で寝ると、キングサイズのベッドはなかなか広い。

魔王だからキングサイズにしたのかと言ったら、心底呆れた顔をされたのはなかなかいい思い出よね、たぶん。

身長が高くてガタイもいいから大きめのベッドにしたのは分かってるのよ？　ただ、こういったしょうもない言葉遊びで笑い合いたいじゃない？

まぁ、そう言ったら、楽しそうに笑ってくれて、きゅんとしたんだっけ。

(うん、やっぱりいい思い出ね！)

ゴロゴロとベッドの上を転がって転がりまくって、ちょっと疲れて大の字で寝転んで一人の時間を堪能した。


魔王留守二日目。

明日は休みだし、ウィルが居ぬ間に、なーんか作りたい。煮込む系、時間が掛かる系って最近やってないから、そこら辺に手出ししようかなぁと考えたものの、なんとなくやる気が出なくて、明日はゴロゴロしておこうかな。

「るゔぃちゃん、げんきない？」

「えー？　元気よ？」

「しょこら、いっしょにねたい！」

どうやら、ウィルがいなくて少し淋しくなってきていることがフォン・ダン・ショコラたちにバレていたらしい。ケルベロス型になったフォン・ダン・ショコラを抱きしめて眠りについた。


魔王留守三日目の水曜日。

お昼すぎまでゴロゴロしていたけど、なんとなく手持ち無沙汰になってしまった。お昼ご飯は軽く済ませて、なにか手の込んだ新メニューでも作ろうか。

さっぱりとしてて、ピリッとしてて、肉肉しくて、手軽に食べれる…………タコス。タコスだタコス。タコスが食べたい。

「急ですが、タコスを作ります！」

「「わふぅ？」」

「なにを言っているか分かりません！　タコスを作ります！」

フォン・ダン・ショコラが三頭とも首を傾げている。

フォン・ダン・ショコラはウィルのおかげで人型になれるけれど、ケルベロス型で過ごすのも好きらしく、今日もそんな日らしい。

小麦粉に油をちょいと入れ、コーンスープもちょいと入れる。本当はコーンフラワーがよかったけどなかったから、風味付けとしてコーンスープを水分の代わりにした。

こね捏ねコネして、丸めた生地に濡れ布巾を掛けて三〇分ほど寝かせる。

その間にサルサ作り。

みじん切りにしたセロリと玉ねぎとトマトをボウルにひとまとめにして、塩コショウ。

そしてライムの絞り汁とタバスコみたいなやつをたっぷりと振り入れる。これが、酸味と辛味とトマトのほのかな甘みが奇跡的なマリアージュを起こし、得も言われぬ美味さになるのだ。

お肉は必ずミンチ肉を使う。胴体が牛で下半身がヘビだという、オフィオタウルスのお肉がたくさんあるのでミートミンサーに掛けてミンチ肉にした。それにもみじん切りのセロリと玉ねぎを入れる。ニンニクペーストも忘れずに。

まずはフライパンで玉ねぎをきつね色になるまでしっかりと炒め、ミンチ肉とセロリをそこに加える。オレガノやクミンをこれでもかと入れて、塩コショウやソースで味付けして更によく炒める。もう、この時点でヨダレを垂らせそうなほどに『スパイシーな肉っ！』って感じの、胃にガツンとくる匂いがキッチンに充満する。最後にライムを搾り入れて混ぜればお肉は完成。

レタスは手で少し小さめに千切っておく。アボカドのペーストもあるとよかったんだけど、買い置きがなかったので今回は諦めた。

寝かせていた生地を卓球ボールの大きさくらいに丸め、麺棒で二〇センチ程度に伸ばす。家庭ではフライパンで一枚一枚焼くのが主流だけど、個人的には油たっぷりで揚げ焼きに近い仕上げにする方が好みだ。

この際、カロリーなんて気にしたら駄目。

「よし！　焼くぞぉ！」

「「ワウゥゥゥゥ！」」

「ワウーッ！」

フォン・ダン・ショコラと一緒に遠吠えしつつ、タコス生地を揚げ焼きにした。

炒めたり、揚げ焼きしていたせいで、キッチンの温度がかなり高くなっていた。夏はもう通りすぎたけれど、額から吹き出す汗が止まらない。

熱すぎて我慢の限界だった。フォン・ダン・ショコラしかいないしいいかなぁと、ブラウスを脱いで、キャミソールとスカート姿になった。

知ってたよ、知ってたの。大概こういうときに誰かくるって。

「なんて格好をしてるんだ」

「おかえり！」

後ろから聞こえる、低くて柔らかな落ち着きのある声。ウィルのご帰還だ。

笑顔で振り向いて『おかえり』と伝えたら、なぜか険しい顔をされてしまった。

やっぱり、キャミソールは駄目だったのかな？　スカートまで脱いでなくてよかった。

「食事の前に、少しだけ話し合いたい」

「え？　うん？」

　ウィルが今までに見たこともないような真剣な顔をしていた。なんだか妙な気迫までも醸し出している。

（なにか……あったのかな？）

　ウィルには少し待ってもらい、残りのタコス生地を焼き終えて、出来上がったものは貯蔵庫に持っていった。あとでウィルと一緒に食べるために。

　服を着ろと渋い顔で言われたので、仕方なしに薄手のブラウスを着た。まだ暑かったけど、流石の私でも拒否出来そうにない空気は読めた。

　リビングに移動すると、ウィルが三人掛けのソファに座るようにと言う。そして、ウィルは向かい側にある一人掛けのソファに座った。

（あれっ？　横じゃないんだ？）

「ミネルヴァ」

　とても暗い表情と、とても重たい声で、名前を呼ばれた。凄く、凄く凄く、嫌な予感。

「ミネルヴァ・フォルティア侯爵令嬢」

「え……」

「それとも、ミネルヴァ・フォルティア侯爵令嬢の中の者、と呼んだ方がいいか？」

「っ――――!?」

　射抜くような目と言葉に、息が浅くなる。

「その反応を見るに、事実だったようだな」

「なに、が？」

「エーレンシュタッド王国より伝言がある」

エーレンシュタッド王国、それは私の出身国。

「王国は、ミネルヴァ・フォルティア侯爵令嬢の帰還を望んでいる。人間界で安全に暮らし、よき伴侶を見つけ、幸せになってほしい」

「っ……そ、んな……ことを、言う人は、私にはいません。なんなんですか？」

「いる。だから、伝えている」

ウィルの表情が険しいままで、いったいどういう感情で、どういう思いで話しているのかが分からない。

まるで人間界に戻れと言っているみたいだ。

いつもみたいに軽口なんて叩けない。

「いません」

「妹のシセルが心配している」

「っ――――！」

この先の言葉は聞いてはいけない。本能的にそう思った。

立ち上がって、ウィルに背中を向けて、とにかく走ろうとした。逃げられるわけもないし、別の場所に行くあてもないのに。

だけど、相手は魔王。

一瞬にして手首を掴まれて、阻止されてしまった。

「ミネルヴァ・フォルティア侯爵令嬢。魔界は貴殿を人間界へと送り届ける義務がある。貴殿の準備が出来しだい、エーレンシュタッド王国に送り届ける」

伝えられたのは、絶望的な言葉だった。

第十章　幸せになるために

ウィルから、人間界に帰れと言われた。

話し合いって言ったのに、ウィルは話し合う気なんて更々なかった。私の気持ちなんて、聞いてもくれなかった。

「ミネルヴァ・フォルティア侯爵令嬢」

「その名前で呼ばないで！」

もう、人間界になんて戻る気はないのに。

あの世界は捨ててきたのに。

私はここで、ありのままで生きると決めているのに。

「私は、ただのミネルヴァで……ここに住んでいて、ここで生きていて、魔王の……」

ウィルの恋人だと、思っていた。

愛し合ってるんだと、思っていた。

掴まれていた手首を必死に振りほどくのに、ウィルがすぐに掴んでくる。

爪を立ててウィルの指を甲を引っ掻きながら剥がそうとしているのに、手を掴んで離してくれない。

「やだ。やだってば！　離して！」

「……」

なんで、返事をしてくれないの？

なんで、なにも言わないの？

「妹が、戻ってきてほしいと、泣いている」

「っ……妹じゃない！」

「家族が望んでいる」

確かに妹だけど。確かに家族だけど。

シセルが泣いていると聞くと、ちょっと心は痛むけど。

「私の家族はフォン・ダン・ショコラだけだもん」

本当はウィルも家族の気分でいたけど、違ったみたいだから家族はフォン・ダン・ショコラだけ。

「フォン・ダン・ショコラ、助けてっ！」

「『グルルルァァア！』」

リビングの外にいたフォン・ダン・ショコラが、私の叫び声で飛び込んで来てくれた。

フォンとダンがウィルの腕に咬み付いて、ショコラがウィルに向かって牙を剥き唸ってくれている。

「っ……人間界に帰った方が、幸せだ」

「勝手に決めないでよ！」

あまりにも一方的な言葉に、悲しさより怒りが湧いてきた。

「なによそれ！　なんでウィルが私の幸せを決めるの⁉」

「……」

「私が幸せになる方法は、私が決める！　私の人生の決定権は私にある！」

「……」

「またダンまり！　ウィルなんて…………大っ嫌いよ」

「…………っ」

腕に咬み付いたフォン・ダン・ショコラをぶら下げたまま、ウィルが泣きそうな顔で笑った。

いつも無表情に近くて、笑うことなんて滅多になくて、ときどき微笑んでくれると嬉しくて嬉しくて仕方なかったのに。

声を出して笑ったら、その日一日が楽しい気分になれてたのに。

なんでこんなときに、そんな顔で笑うの？

「ん。嫌いになれ。憎んでくれ。そうすれば、俺はお前の中に居続けられるから」

ウィルの顔がゆっくりと近づいてきて、唇が重なった。

熱く、激しく、貪るように。

そうして気付いたら、見慣れた懐かしい場所に立っていた。

「ここって……」

人間界の、私の部屋だった。

出て行ったときとなんら変わりのない、そのまんまの部屋。

「っ！　お姉様っ！　お姉様っ！」

目の周りを赤く腫らしたシセルが、バタバタと駆け寄ってきて、もう離さないとばかりにきつく抱きしめてきた。

「よかった！　本当に、ご無事でよかった！」

「………どう、なってるの？」

「国王陛下も王太子殿下も、お姉様のことを受け入れてくれています！　大丈夫です！」

いや、なんの話よ。意味不明すぎるんだけど。なんで、私は人間界の実家にいるのよ。

「なぜ、人間界に戻されることになったの？　なぜ、受け入れるとかの話になっているの？」

「え？　魔王陛下がご説明を――」

「されてない。無理矢理ここに連れてこられて、置いていかれた。私が納得出来る説明なんてされてない。シセルは、説明してくれるわよね？」

首を傾げてシセルにお願いすると、顔面蒼白になって激しく首肯された。

◇◇◇

シセルの話を聞いて理解した。発端は、彼女の善意と好意だった。せっかく仲よくなれたのに、このまま離れ離れは悲しい。私は魔界に行きたがっていたけれど、人間が魔界で安全に暮らせる可能性は低い。力も能力も魔族とは違う。

　ウィルは私が魔界で楽しそうに生きていると言うが、私からの便りはなにもないし、ウィルが話していることが本当かは分からない。私から直接話が聞きたい。怪我はしてないのか、怖い思いはしていないのか、ちゃんと安全に暮らせているのか。

　もし日常的に少しでも安全が脅かされることが起きたりするのなら、無理に魔界で暮らさず、人間界に戻ってきてほしい。人間界で好きな人と結婚して、子どもを産んで、幸せになってほしい。私が生きやすいようにしていい。

　お父様もお母様も、淋しがっている、悲しがっている。私が断罪されたのは自分たちが甘やかしていたからだと。妹に嫉妬していることに気付いていたのに、見て見ない振りをしていたと。

　そこまで聞いても、ウィルが私を人間界に置いて行った理由が分からない。

「魔王陛下は……安全で幸せな未来が人間界にあるのなら、お姉様にとって、その方がいいだろう。と、納得されていました」

「……どこに納得出来る要素があるのよ」

「え？」

　シセルがきょとんとした顔で私を見る。コミックを読んでいたころはこういう純真無垢な感じが可愛いと思っていたけれど、今は少しだけ怒りを覚えてしまっている。

「私ね、魔界で家を手に入れて、定食屋を開いていたの。シセルの持たせてくれた宝石類のおかげよ。ありがとうね」

「お姉様っ！」

シセルが頬を染めて嬉しそうに微笑んでいる。本当に可愛い子。全身から輝きを放っているようにしか見えない。

「私ね、魔界で手に入れた家で、魔王と一緒に住んでたの」

「えっ。お姉様？」

「二人で一緒にご飯食べたり、一緒のベッドに寝たりしてたの」

「っ……」

シセルの顔がみるみるうちに、真っ青になっていった。

「恋人だったのよね、魔王と」

「そんな……だって、魔王陛下は……」

それなのに、なぜ人間界で幸せにならなきゃいけないの？　幸せになりたかった場所は、魔界だったのに。一緒に幸せになりたい相手は、ウィルだったのに。名前を呼ぶのもムカつく。ウィルなんて呼んであげない。魔王でいい。

「うん。魔王が了承したんでしょう？」

「……はい」

「私ね、ここまで本気で怒ったの、初めてだわ」

怒りで手が震えている。

（今すぐ魔界に戻らないと！）

私は基本的に脳筋なのだ。そして本来のミネルヴァも相当な脳筋。じゃなきゃ、こんなにも愛らしい妹をシバこうなんて考えないだろうし。

生来の脳筋は大活用しなきゃね？　なので、行動あるのみ！

「シセル、お願いがあるの」

「はい！　なんでしょうかお姉様っ」

王太子妃になったはずなのに、なぜにこの娘はこうも純粋で従順な感じなのかしら？　王太子妃としてちゃんとやっていけているのかしら？　なんて失礼なことを考えつつ、とあるお願いをした。

「用意してほしい物があってね――」

◇◇◇

従順なる妹シセルを使いまくって、人間界に戻されて二日で帰還の準備完了。

経費はウィルに支払わせると約束した。

「じゃ、行ってくるわねー。今度からはちゃんと手紙を書くわ」

「はい！　お姉様、お気をつけて。ご武運を！」

人間界と魔界の境界線で馬車から降り、魔界に向かって歩き出す。

同乗して見送りに来てくれたシセルが窓からブンブンと手を振ってくれている。こういう送り出し方、流石ヒロインよね。

（テンション上がるわぁ）

前回用意してもらったものと同じ、ほぼ調味料の各種スパイスボムの準備は万端。それに加えて、今回は雷魔法が付与されている鞭も用意してもらった。人間界では大型の動物や肉食獣の調教に使われているらしい。

服は冒険家みたいな、ポケットがいっぱい付いたシャツとズボン姿。なかなか格好よくて気に入っている。

一メートルほど長さの鞭を振るうと、スパァァァン！　と、かなりいい音が出た。

「「クキュュュン」」

鞭を持ってニヤニヤしながら歩いていたら、聞き覚えのある鳴き声が近くから聞こえてきた。どこだろうかと見渡すと、進行方向にある大きな木の後ろでチラチラこちらを見る存在。

「フォン・ダン・ショコラ！」

「「ワフゥゥッ！　ワウッ！」」

ワフワフ言いながら走ってきたフォン・ダン・ショコラに、顔をベロベロと舐められた。

「どうしたの？　なんでここにいるの？」

「「ワフゥ！　ワフンバフッ！」」

「いや、なんて言ってるか分かんないし」

フォン・ダン・ショコラにしょんぼりされた。人型になりなよと言うと、前脚をクイッと上げて見せられた。

（あれ？）

指輪がない。魔王が回収したのかと聞くと、三頭ともが首を振った。自分で返したのかと聞くと頷かれた。なぜに返したんだと聞きたいけど、ワフワフしか言わないから分からない。これはスルーするしかないか。

「「わふぉぉ」」

「ちょ！　顔を舐めないでってば！　ちゃんと撫でてあげるから！」

「「キャウキャウッ！」」

三頭が楽しそうに吠えているので、私も笑いが込み上げてきた。人間界まで迎えに来ようとしていたのかと聞くと三頭ともに頷いてくれたので、心から嬉しくなった。抱きしめてお礼を言うとまたもやベロベロと舐められた。

「もぅ。顔がベタベタじゃない。ほら、家に帰るわよ！」

「「ワフォーン！」」

フォン・ダン・ショコラを引き連れ、魔界の森を闊歩する。

BGMに魔獣たちの咆哮を聞きながら、パシィィンと鞭で合いの手を入れていると、フォン・ダン・ショコラが尻尾を股に挟んで怯えたように鳴いた。

「「フヒュゥゥン」」

「なによぉ……」

フォン・ダン・ショコラに文句を言おうとしていたら、豹みたいな魔獣が襲ってきたので、オニオンボムを投げつけた。のたうち回っている魔獣を見て、フォン・ダン・ショコラが更に怯えたのが納得いかない。

「「ワホォゥ……」」

道中は基本的に安全に過ごせた。魔獣が飛び出てくるけれど、フォン・ダン・ショコラが前に出て吼えると、すぐにあと退りする。ケルベロスって魔獣の中で結構地位が高いのかもしれない。

「よし着いた！　懐かしの壁！」

魔界の王都をぐるりと囲む城壁。

町全体を取り囲んでいるけど『城壁』って言うらしい。不思議なの。

「お？　ミネルヴァじゃん。変な格好してんな。どっか出掛けてたのか？　この数日、長期閉店の看板が出てたから心配してたんだぜ。理由もなにも書かれてないし」

トカゲな門兵のラモンさんが、怪訝そうな声で話しかけてきた。表情はよく分からないというか私には判別がつかない。トカゲ顔だから。

「淑女に変な格好とか言う？　ラモンさんのご飯半分にするよ？」

「おまっ！　そういう攻撃はやめろよぉ。てか、店は再開するんだな？」

「するよー。数日後になるかもだけど。通行料はいらないのよね？」

「ああ。おかえり」

「ただいま！　ありがとう、またね！」

ラモンさんにお礼を言って、手を振りながら城壁内に入った。

人間界に追い返されて二日しか経っていないけれど、魔界の街並みを見てホッとした。やっぱり、ここが私の暮らす世界だという感覚があるのだ。普段と変わらない街並みを見つつ、家へと歩を早める。

一度家に帰って着替えようと思ったのに、ドアが開かない。

「いや、なんでよ。あ、鍵か…………」

仕方ないので着替えはしないまま高速移動馬車に乗り、魔王城へ向かうことにした。

さてさて、勝負はここから。

魔王城の前に立ち、城門兵さんの前にも仁王立ち。

「あんた、魔王様の――――」

「お？　話が早い！　よし、中に入れて！」

「え……いや、たぶん、駄目だよな？」

以前も会ったことがある気がするライオン頭の門兵さんが声をかけてくれた。なにか察してくれたし、たぶん同じ獣人さん。ライオン頭の見分けがつかないけども。

しれっと中に入ろうとしたけど、駄目っぽい。他の門兵さんとこそこそと話している。

「んじゃ、ヒヨルドでいいから呼び出して！」

「魔具庁の長官を呼び捨てにするとは……」

黒うさ耳の門兵さんがムッとした顔をして剣の柄に手を伸ばそうとしていたけどライオンさん

が間に入ってくれた。

「待て待て、ヒヨルド長官を呼ぶから！　ちょっと待て」

「ありがとう！」

魔王呼び出しは流石に無理だった。とりあえず、ヒヨルドから攻め落とそう！

「――――は？」

門兵さんに連れられて気だるそうに歩いてきたヒヨルドが、私を見てびっくりしつつ早足で来てくれた。

「なんで魔界にいるんだよ」

「いたら悪いの？　ねぇ、魔王に内緒でお城に入れてくれない？」

「はぁ……ったく、ついてこい」

目を見開いて固まるヒヨルドに無茶振りをしてみたら、溜め息を吐かれた。でも、お城の中には入れてくれるらしい。

「なぁ、魔界に戻ってきて良かったか？」

「なんで？」

お城の中を歩きながら、ヒヨルドが少し心配そうな声で聞いてきた。

「いや、普通に人間界で過ごせるんなら、それに越したことはないんじゃねぇの？」

「そう、かなぁ？　私はこっちの方が好きよ？」

「………………ふぅん」

　ヒヨルドは素っ気ない返事しかしなかったけど、耳がピルピル動いてるから、ちょっと嬉しいのかもしれない。なんでそんな子どもが冒険に向かうような格好なんだと聞かれたので、歩いて魔界入りしたと伝えると、ドン引きされた。

「いやほんと、ミネルヴァの行動力はすげぇわ」

「褒めてる？」

「褒めてる褒めてる。ほら、執務室に着いたぞ。オイ、魔王！　客が来てんぞ」

　ヒヨルドがなんのモーションもなく、執務室のドアを開けた。ノックとかしないんだ？　しかも呼び掛けが物凄く雑だった。

「……面会の予定はなかったはずだ。今は忙しい。待たせておけ」

　顔をこちらに向けることなく書類に何かを記入しながら、魔王が低い声でボソリと言い放った。

（ほぉん？　そういう態度なんだ？）

「だとよ？」

　ヒヨルドがニヤリと笑いながら私を見た。

　ヒヨルドが無言でサッサッと手を払って、魔王の執務室内にいた使用人ぽい人たちを追い払うと、ヒヨルド自身も執務室から出ていった。二人きりにしてくれるらしい。

　二人きりになったのに、魔王はまだ書類を書き続けている。

（これ、私って気付いてないパターンだよね？）

　コソッとポケットを漁り、オニオンペーストボムを手に取る。レッドペッパーボムにしなかったのは優しさだと思えこんちくしょう！　と心の中で悪態を吐きながら、オニオンペーストボムを投げつけた。

「ぐあっ⁉　は？　え……は？」

きょとんとした顔の魔王。部屋が玉ねぎの臭いで充満しているし、目に染みるのは置いといて、とりあえず魔王の度肝を抜くことには成功した。

「は……？　ルヴィ？」

「バーカ！　魔王のバーカ！」

もう一度オニオンペーストボムを投げつける。

「魔王のバカ！」

「…………本当にルヴィなのか？」

「バーカ！　ヘタレ！　すかぽんたん！　おたんこなす！」

「どうやって……なんで、ここに？」

魔王は玉ねぎまみれになっていたけれど、ただただポカンとしていて、私がここにいるのが理解出来ていないようだった。

■■■

目が痛い。

誰のせいかというと、ここにいるはずがないルヴィのせいでだ。

フォン・ダン・ショコラが執務室の隅で尻尾を股に挟んで震えている。

「ちょっと？　それ、どっちを怖がっているのよ？」

「「キュウゥゥゥン」」

「ルヴィ、なぜここにいるのか答えろ」

無言でまた玉ねぎをすりおろしたものを詰め込んだ『ボム』とかいうものを投げつけられた。目に染みる。

ルヴィは人間界の自宅に送り届けたはずだ。

エーレンシュタッドの国王やルヴィの妹と話し合い、人間は人間界で暮らす方が幸せだろうという結論に至った。

「バーカ！　魔王のバーカ！」

ルヴィが涙目でずっと『馬鹿』と叫んでいる。

知っている。

俺は、馬鹿だ。

「なぜ、戻ってきた」

「っ！」

ルヴィが目を一際大きく開き、ボタボタと涙を流し始めた。小さく嗚咽を出しながらも、必死になにかを言おうとしていた。

今すぐ駆け寄って、抱きしめたい。

だが……できない。

ルヴィを愛したから、できない。

人間たちに言われた言葉が脳内をぐるぐると巡る。ルヴィに確認する勇気がない。

愛しているから、できない。

俺は、なんて臆病なんだろうか。

◇◇◇

魔王の言葉が心臓を抉る。

魔王が『なぜ、戻ってきた』と言った。それは、魔王は私に帰ってきてほしくなかったからなのかな？　私が帰る場所はここにしかないのに。

「っ！　わ……たしは、まっ、まお……ぅ、なんで？」

私は、魔界で生きるって決めてるのに。魔王と恋人だと思ってたのに、なんで？

なんで、こんなことになってるの？

なんで、魔王は私の家で一緒に暮らしたの？

なんで、あんなふうに抱きしめたりキスしたりしたの？

なんで……？

涙がボタボタと落ちてくる。前世でも今世でも、こんなに泣いたことなんてない。だから、きっと玉ねぎのせい。きっとそう。

「……帰る」

「ルヴィ？」

「私は魔界で生きるって決めてる。魔王なんて知らない。私は私の家で、私とフォン・ダン・ショコラだけで暮らすもん。魔王なんていらない」

「っ……あぁ。好きにしたらいい」

「家に鍵が掛かってて入れない。送って！」

魔王がなぜか目を見開いて、仕方なさそうに笑った。

（なんで、そうやって優しく笑うのよ⁉）

瞬間移動で自宅に送り届けてもらったけど、なぜか正面から抱きしめられている。他人を運ぶときは抱きしめないとできないのかな？　なんで、魔王はこんなにきつく抱きしめてくるの？

「離してよ」

「ん」

魔王がまた淋しそうに笑った。

「指輪」

「ん？」

「フォン・ダン・ショコラの指輪ちょうだい」

魔王からちょっと離れて、右手をズイッと突き出した。

あの指輪はもらったんだもん。もう私のものなんだもん。

「……条件がある」

「なに？」

「またお前の飯が食いたい。忘れられないんだ、ルヴィの温かい飯が」

こんなふうに裏切られて、突き放されたのに。そう言われて嬉しく思ってしまう。

だから、ムカつく。だから、嫌い。

「勝手にすれば⁉　馬鹿魔王！　だいっきらいよ！」

「ん」

魔王が泣きそうな顔で微笑んで、私の左頬をそっと撫でた。ゆっくりと近づいてくる魔王の顔を両手で押し退けた。

「大嫌いって言った！」

「ん。ずっと嫌っていてくれ」

魔王が嬉しそうに微笑むと、瞬間移動で消えてった。

「…………え？」

「『ワフォォ？』」

嫌われることが嬉しいみたいな反応が謎すぎる。

あまりの衝撃で、涙が引っ込んだ。

第十一章　営業再開

魔界に戻ってきて二日目からお店を再開した。

お客さんにはちょっと風邪を引いてたのって誤魔化したら、みんなが心配してくれてすっごく気まずい。あれもこれもそれも全部魔王のせい。

営業を再開して半月が経ち、少し落ち着いたなと思ったところに、偽ヒヨルドが来た。いらっしゃいって言ったけど無言で視線を合わせてくれなかったことと、瞳が赤かったから『あ、魔王か』と気が付いた。

注文をダンに小声で伝えて、スネを蹴られていた。ダン、強い。

結局、魔王は一言も喋らずに、唐揚げ定食を食べて帰っていった。

それからは、三日に一度のペースでルヴィ食堂にご飯を食べにくるようになった。

「はい、牛丼定食」

「……ん」

「……美味しい？」

つい、聞いてしまった。

偽ヒヨルドがガバリと顔を上げて、ヘニャリと笑って頷いた。だけど、私が見たかったのは偽ヒヨルドの笑顔じゃないって気が付いてしまった。私、魔王の笑顔が見たかったんだ。

「次、偽ヒヨルドで来たらもう店に入れないから」

「……ん」

また魔王が偽ヒヨルドのままで笑った。

(魔王の馬鹿)

魔界に戻って、一ヵ月。

毎日のんびり楽しく営業している。魔王はちゃんと魔王の姿のままでくるようになった。

「んまい」

「おかわりは?」

「いる」

短い言葉でポツポツと話していると、常連さんたちから『ケンカしたの?』と聞かれることが増えた。取り繕いたいのに困ったように笑うしかできなくて、またみんなに心配させてしまっている。

事情を知っているおじいちゃんは、魔王を何度か説教していたらしいけど、魔王がなにかを言ったらグッと黙ってしまった。

「ちゃんと話し合うんじゃ。わしゃ、どうにも納得はできん」

「……話し合ってくれなかったんだもん。なにも言わずに人間界に置いていかれたんだもん」

あのときのことを思い出すと、悔しくて涙が出る。ベッドに寝そべっていると、ふとした瞬間に楽しかったころのことを思い出してしまう。

魔王と買いに行ったベッド。

魔王と選んだカーテン。

捨てられない魔王の枕。

おそろいのカップや食器。


まだ、手放せないけれど、いつか捨てられるんだろうか？

◇◇◇

色々な葛藤を胸の奥に抱えたまま、魔界に戻ってきて二ヵ月が経とうとしていた。

『お姉様へ。ぜひ今度の夜会には魔王陛下とご参加ください！』

シセルからの手紙を、お店にご飯を食べに来たヒヨルドに渡された。魔王のところに届いてたから、ついでに持ってきてくれたらしい。ありがたい。

よくよく聞くと、魔界と結んでいる契約を更新する会議が行われるらしい。それとともに、魔王を歓迎するための国を挙げての夜会も開催されるとのことだった。たぶん、コミックにあったイベントのことだ。

シセルには無事に到着したこと、お店を再開して楽しく過ごしていることだけを伝えていた。

だから、今回の手紙を見て本当に焦った。

（……行きたくないなぁ）

お店が忙しいから無理って言おう。嘘じゃない。本当に忙しいのだから。

シセルからの手紙を受け取った翌日、魔王がお店に来た。

「ヒヨルドから聞いた。……参加、しないのか？」

未だにちゃんと目を合わせてもくれないくせに、なにを言ってるのこの人は。こんな変な関係なのに。ドレスを着て飾り立てて、人前で魔王とくっついて仲睦まじい振りをしろと言うのか。

（なんのために？）

「妹に伝えてないんだろう？　でなければ、『ぜひ二人で』なんて手紙に書かないだろ」

「……じゃあ、魔王が伝えればいいじゃない！　私とはもうなんの関係もない、って。魔王がっ！　馬鹿っ！」

視界が涙で歪む。こんな顔で、接客なんてできない。

「ショゴラァ……っ、おみせ……しめてっ」

お手伝いをしてくれていたショコラに無茶振りをして、バタバタと走って居住スペースに逃げ込んだ。

ずっとずっとずっと泣いてばかり。魔王に泣かされていると思うと悔しい。

貯蔵庫に行って玉ねぎを両手で掴んでキッチンに行った。

皮を剥いて、おろし金を取り出し、ガッシュガシュとすりおろして搾っていたら、もっと涙が溢れてきた。

魔王に泣かされてるんじゃない。玉ねぎが目に染みるだけだもん。

「ルヴィ――」

魔王の声が聞こえたから。つい、反射的にだった。

搾ったあとの玉ねぎ汁を魔王の顔面にぶちまけてしまった。私は悪くない、と思いたい。食材を無駄にはしたけど、悪くないと思いたい。農家さん、ごめんなさい。

「…………っ、目に滲みる。顔はやめろ」

「うるさいっ！　馬鹿魔王！」

魔法で避けれるくせに。

「避ければいいでしょ⁉」

「……ルヴィになにをされても避けない」

そんなことを言って。危ないものが飛んできたら避けるくせに。

シンクにあったコップを魔王に向けて投げつけた。当てるつもりはなかった。ただ、避けさせたかった。魔王の言葉なんてなにも信じたくなかった。魔王は嘘つきだから。

好きだって言ったのに、あんなふうに裏切る人だから。

力任せに投げたはずのコップが、くるくると回転しながら魔王の顔に飛んで行ってしまう。

ガツッと響く鈍い音。

魔王の右頬の上あたりに赤い線が浮き出て、じわりと血が滲み出てきた。怪我をさせてしまった。怒りに任せてなんて馬鹿なことをしたんだろう。

「っ、あ……ウィルっ！」

慌てて駆け寄ると、魔王にパシッと両手首を掴まれた。

「気にしなくていい、すぐ治るから。……っ、すまない。夜会の参加は、してほしい。ルヴィにはすまないと思っている」

魔王がギュッと抱きしめてきて、右頬にちゅっとキスをして消えていった。

（わけ、分かんないっ！）

魔王に夜会の打診をされた数日後、開店準備をしにお店に移動すると、カウンターの上に見慣れない大きな箱が置いてあった。

両手でどうにか抱えられる大きさで、重さはそこまで重いというわけでもない。

「なにこれ？」

「まおうのにおいがする」

ダンがフンフンと鼻を動かしつつ、そんなことを言う。犬というかケルベロスが言うんだからそうなんだろう。

箱のフタをパカリと開けると、真っ赤な布が見えた。

「これって………」

真っ赤なノースリーブのAラインドレス。

胸元はストレートカットで、ウエストまで銀糸で細かなバラの刺繍が施されている。

緩やかに広がった裾はオーガンジーを何枚にも重ねられていて、歩くとふわりふわりと揺れそうなデザインだった。

そして、裾から二〇センチほど胸元と同じように銀糸でウエストに向かって伸びる蔦とバラが刺繍されていた。

物凄くおしゃれで豪華なドレス。私好みのデザイン。を、魔王が送り付けてきた。というか、たぶん転移で侵入してきたんだと思う。

居住スペースに置かなかったのは、魔王なりの配慮？　魔王のくせに。

（ほんと、馬鹿）

魔王のことを馬鹿馬鹿と罵り続けていたら、とうとう夜会の前夜になってしまった。お店は二日間の休みを取った。

お客さんたちはなにをするかは聞かずに、たまにはいっぱい休んでゆっくりしなよと言ってくれた。

「迎えに来た」

今日の夜から魔王城に泊まって、明日の午前中はドレスアップの準備。夕方に人間界に転移する予定。

「今帰ってきたの？」

「ん」

魔王は朝から人間界で契約更新や会合など色々とこなしていた。夜は私を迎えにくるためだけに魔界まで帰ってきてくれたらしい。

ご飯を食べていないとのことだったので、チャーハンを手早く炒めて、ストック分のオニオンスープを出した。

チャーハンはなんの変哲もないシンプルなもの。卵と塩コショウと醤油だけ。

オニオンスープは、いろんなことがあってすりおろされまくった玉ねぎたちの一斉消費で出来上がったもの。

「ん……美味い」

「うん」

なんとなく後ろめたい気分になりつつ、魔王がご飯を食べる姿を眺めた。

魔王城に瞬間移動し、客間だという場所に連れてこられた。

広い部屋の中には、家にあるものと同じくらいのベッドと、レターデスクや大きな本棚があった。ローテーブルと五人くらい座れそうなコーナーソファと、対面に三人掛けのソファも置いてあった。客間というわりには、豪華すぎる気もする。

「「よろしくお願いいたします、ミネルヴァ様」」

そして、侍女が六人。

実家でも専属は一人と諸々の雑用の二人で、常に側にいるのは三人だった。

(多くない？)

部屋の説明を受け、お風呂に入り、ソファに座って湯冷ましをしているときだった。

「ルヴィ、少し……いいか？」

魔王が部屋の扉を開けて、恐る恐るといった感じで顔を出した。

「なに？」

「人間界に行く前に話しておきたい」

「うん？」

真面目な顔でソファに座ってくれと言われた。馬鹿魔王のことだから、ローテーブルを挟んで座るのかと思ったら、広い方のコーナーソファに横並びに座った。

ちょっと気不味い。魔王もそう思ってるみたいで、視線が揺れ揺れだ。

「人間界で、色々と言われるかもしれん。妹たちは絶対に大丈夫だが」

「ん？　なにを？」

「……魔族に魂を売ったとか、身体を売ったとか、まぁ……そんなところだ」

「ん？　別になにも売ってないけど？」

「知っている。ルヴィはそういったことに興味がないのは」

魔王がなにを話したいのか、いまいち分からない。

魔王のパートナーとして夜会に出ることで私に不利益がある？　私に不利益があってもいいけど、シセルたちや魔王に不利益があるのはちょっと嫌だなぁ。

「だが、『魔族に媚びへつらって、永久の美貌を手に入れようとしている悪女』や『悪女の成れの果て』などと言われ続けるのは、正直我慢ならんと思う」

「ん？」

魔王がなにを話したいのか、やっぱり分からない。

永久の美貌とは？

成れの果てとは？

私がぽかんとしていることに気付いたのであろう魔王が、慌てた様子で言葉を取り繕い出したけど、言い方が悪かったとか、言葉が酷すぎて傷ついたとかは全然関係なくて、本気で意味が分からなかった。

「あんのぉ……」

「な、なんだ？」

妙に焦った感じで魔王が返事するのがちょっと面白い。

「まず、魔王というか、魔族に媚びへつらったら、なにがどうなって永遠の美貌を手に入れられるの？」

「……は？」

「……え？」

魔王いわく、魔族と魔力譲渡契約で、人間でも魔力を得られるそうだ。種族や心の繋がり、魔力量が大きく関わってくるのだが、人間はそこを勘違いしており、どの魔族とでもできるとか、身体を繋げれば得られるとか思っているらしい。

心の繋がりが強く、魔力を得て起こる変化は、人間の魔人化。パートナーと同じ長寿になり、悠久の時を得る。また見た目も変化し出す。生《な》す子は、間違いなく相手と同じ種族になる。

「へえええええ！」

「知らなかったのか……」

驚くほどに知らなかった。魔力を譲渡とかできることにもびっくりだし、人間が魔力を持てることにもびっくりだった。

「ん？　んんん？　あのさぁ……」

「なんだ？」

「……まさか、それだけで私を人間界に捨てたってこと……ないよね？」

「っ！」

クワッと目を見開き、瞳を揺らして、スッと逸らす魔王。バレバレすぎるでしょうよ。

「帰る」

手首をガシッと掴まれて、ソファに押し倒されてしまった。

魔王を見上げる。サラサラの銀色の髪が私の頬をくすぐってくる。頭の横に生えたくるんと丸まったあとに枝分かれした黒角は何度見ても、ちょっと可愛い。

しかし、自分から突き放した元恋人を押し倒すとはいい度胸だ。眉をへちょんと下げているから、このあとのことを何も考えてなかったって感じ。

「馬鹿魔王。勢いで押し倒して後悔したような顔をしないでよ」

「……ん」

「ねえ魔王。なんで突き放したの？」

「っ――」

■■■

ルヴィの瞳はいつ見ても生気が漲っていて、力強い。なにより俺を全く怖がらないし、視線を逸らさない。

「ねえ魔王。なんで突き放したの？」

もう、答えるしかないんだろう。臆病な俺の、臆病な想いを。

「知られたく、なかった」

俺の母親は人間だ。三〇〇年ほど前に死んだ。一時期は親父――先代魔王と仲睦まじくしていたらしい。だが俺を身籠り出産し、身も心も狂った。

親父と俺の魔力が混じり合い、母親の体に変調をきたした可能性が大きい。母親の側頭部にはスパイラル状で上に伸びる角が二本生え、肉食獣のような牙も生えた。そして生まれた俺には、自分とは違う形の角が生えていた。親父と俺は同じタイプの角で、牙はなし。

角の形くらい色々とあるだろうと思うのだが、人間は遺伝というものを重視するらしく、自分だけ形の違う角だったこと、牙が生えたことが、産後の不安定な精神状態に追い打ちをかけたらしい。母親は、親父を憎悪の対象と認識するようになり、親父は顔を見せただけで攻撃魔法を繰り出されていたと苦笑いしていた。簡単に避けられるけれど、避けると泣かれるからとボロボロになりながら悩んでいた。そのため、まだ幼かった俺は母親から離されていた。心病んでいた母は、食事を一切受け付けないようになり、徐々に弱り痩せ細って、俺が一〇歳のころに死んだ。

「ちょい待ち！」

ルヴィからストップが入った。押し倒した格好で話していたので、顔面を鷲掴みにするような形でのストップ。コイツは本当に貴族の娘なのだろうか、と今でも思う。

「なんだ？」

「魔王って、実はかなりのおじさんなの⁉」

「……」

今の話を聞いて、一番に気にするところはソコなのか？　もっとあるだろう？

「ちょ、なんで黙るのよ⁉　何歳なの？　ってか、何百歳だとして人間に換算すると何歳なの⁉」

「ハァ……人間に換算すると三〇半ばくらいだ」

面倒に思いつつも答えると、ルヴィがほにゃっと笑った。こういう無防備な笑顔が愛おしくて、本気で手放せずにいる――。

◇◇◇

魔王の年齢が急に気になった。

だって、お母さんが亡くなったのが三〇〇年前って、魔王も自ずと三〇〇年は間違いなく生きてるってことよね？

慌てて話を遮って確認したら、物凄く呆れた顔をされつつ『人間に換算すると三〇半ばくらい』だと言われた。

ほっとした。なんにほっとしているのか謎だけど。でもどのみち魔王は三〇〇年は生きているんだよね。

「……ってことはよ？　魔王の寿命はまだ何百年かあるってことよね？」

「まぁ、普通に生きられるのならば、あと六〇〇年くらいはあると思うぞ」

そこは予想通りだった。

「つまり魔王は……私とそんなふうに長く一緒には生きたくなくて、人間の寿命程度の期間での付き合いがいい、ってこと？」

「っ⁉　ふざけるな！」

未だにソファに押し倒されたままの格好。目の前というか真上で怒鳴られて、少しだけビクリと震えてしまった。

体格的にも戦闘能力的にも魔王になんて勝てない。魔王が本気になれば、私や人間なんてミジンコと同レベルでプチッと殺してしまえる。でも、私が震えたのはそういう怖さというよりは、魔王が本気で怒って、突き放されてしまうかもという怖さだった。

違うって言ってほしくて。

この変な関係をどうにかしたくて。

「……違うなら、なんで？　手放そうとするの？」

「っ、だから！　魔族になって、ルヴィが狂ってしまうからだと言ったろうが！」

「じゃあなんで恋人になったの？　私と一緒に住んでたの⁉」

「愛………………しているんだ。ルヴィを。初めはそれでいいと思っていた。魔族になってずっと一緒に、と……」

シセルたちと話しているうちに、人間は魔族になってしまうことは、心底恐ろしいと思っていることに気が付いたそうだ。そして、母親のことを思い出したんだと言われた。

角が生えたり、耳が尖ったり、牙が生えたり。人間にとって魔族は、恐怖の対象でしかないのだと。協定を結んでいるからこそ、付き合っていける相手なのだと。

だからこそシセルには、私と付き合っていて、一緒に住んでいたことは言えなかったらしい。

「魔族に変貌してしまったら、人間はみな心が壊れてしまう、とお前の妹に言われて、そんなのは嫌だと思ったんだ。あんなふうに、ルヴィには死んでほしくはない……」

魔王が泣きそうな顔で、また笑った。

臆病で馬鹿な魔王。そんなことで怖がって。

「馬鹿ね。これだけ楽天的な私が、たったそれだけのことで心を病むと思ってるの？」

「……保証は、ない」

「そうね。実行してしか、結果は出せないわよね？」

「っ……クソ」

魔王がボフリと倒れ込んで来た。甘えるように首筋に顔を埋めたまま全然退いてくれない。しかも、「あー」とか、「うー」とか、なんか唸っている。

「魔王、私はね、守られているだけなんて嫌。パートナーとは隣同士で手を繋いで歩いていきたい。人間は確かに弱い存在だわ」

魔族がどれだけ強くて、どれだけ凄いかなんて、計れもしないけど。きっと凄いんだろうなぁとは思う。でもそれは全体で見た感想。

魔王は、臆病で馬鹿。

「人間だからと一括りにしないで。私はここにいて、私として生きてる。魔王の目の前でミネルヴァとして生きている」

「ん…………ごめん」

覆い被さって首筋に顔を埋めたまま、ボソリと謝られた。

やっと、魔王の本心が聞けた。

やっと、魔王が受け入れてくれた。

やっと、想いが通じ合った。

やっと。

目頭が熱くなって、視界が揺らいで、喉の奥がギュッとしまって、息苦しくなって、嗚咽が漏れた。

「ルヴィ？」

私の異変に気付いたらしい魔王が、起き上がって焦っているのが分かるけど、私は必死に息をするしかできなくて。目尻から横に流れ落ち続ける雫を手で拭い続けるしかできなくて。

「っ、ばかぁ」

「ん」

「きらい」

「ん」

「魔王きらいっ」

「んっ。こら殴るな」

ただ、嗚咽と罵詈雑言を吐き出して、ポカポカと力なく胸を叩くと、魔王が嬉しそうに笑った。

「おぐびょぉものぉぉ」

「ん、そうだな」

「ちゃんと餌付けされてなさいよぉぉぉ」

「ん、すまなかった」

魔王が柔らかく微笑みながら抱き起こしてくれた。なぜかソファに座る魔王の膝の上に乗せられ、向い合せで抱きしめられたけど。

魔王の膝に座って魔王の腰を跨いでいるから、太股が丸出しになっていて、なんというか、ちょっとあられもない格好。

もぞもぞと動いて、膝から下りようとするのに、がっちりと腰を掴まれて逃げられない。

「……魔王？」

「愛している。なにがあっても、一生側にいてくれ」

「っ、うん」

しっかりと目を合わせ、低い声でそう告げられた。

悔しいほどに、格好よかった。

第十二章　エーレンシュタッドの夜会

朝、目が覚めると目の前にはウィルの胸板。ちらりと視線を上にずらすと、破顔したウィルがいた。

（うん、眩しい）

「もうしばらく休んでおけ。準備の時間になったら、侍女たちが呼びにくる」

魔王が脱ぎ捨てていた服を羽織り、ヒュンと消えて行った。どこに行ったんだろうなぁとベッドの上でボーッとしていたら、焼き立てのパンとスープ、サラダ、オムレツ、カットフルーツの盛り合わせなどを持って戻ってきた。

「朝飯だ」

「わぁ！　ありがとう。魔王城飯だー！」

きっちりと服を着て、ソファに移動して、いただきますをする。

「パン、うんまっ！　なにこのふかふかさ！」

見た目は普通のバターロールだったけど、なんとも言えない麦の香ばしさと甘さ、指をほどよく押し返す弾力。前世で言う、石窯で焼かれた高級なパンみたいなヤツだった。バターを軽く塗って食べるだけで、もう満足！

くるみパンやクロワッサンなんかも、とっても美味しくて、もりもりと食べてしまった。

「はぁぁぁん、なにこのスケスケ黄金色のコンソメスープ！　めっちゃ美味い！」

「……そうか？」

ウィルが首を傾げながら、モッサモッサとパンを食べ、オムレツを食べ、溜め息を吐いている。

なぜにそんなにもローテンションなのだろうか。

「うんまぁぁぁぁ！」

オムレツが口の中でとろけた。

バターと混ぜ込まれた粉チーズで深みが生まれているのはもちろん、焼き方も凄い。表面はシワも破れ目もなく、ツルンとしている。

私、こんなに美しいオムレツは焼けない。

フルーツは飾り切りをされていたが、美術品かと思うほどに美しかった。

総評は、『魔王城飯は恐ろしい』である。

「確かに高級な食材は使っているし、技術もあるだろうが……美味いか？」

「へ？　いや、めちゃくちゃ美味しいけど？」

「んー。俺は、ルヴィの飯の方が好きだ」

（ぐはっ）

顔が熱い。

まさかのデレ！　ウィルのデレ！　ウィルの胃袋、がっつり掴めてるじゃん。確かにカレーと唐揚げのときから餌付け成功気味ではあったけど。

「そういえば、ウィルと食べたいなって思ってたタコス、貯蔵庫に入れっぱなしだった……」

あのときの嫌な気持ちを思い出しそうで、居住スペースの貯蔵庫の隅に追いやったままだった。帰ったら、一緒に食べようねと言うと、ウィルがまた破顔してコクリと頷いたのが、とてつもなく可愛かった。

ウィルと朝ご飯を食べたあと、のんびりとソファで過ごしていたら、部屋のドアがノックされた。

横並びでくっついて座っていたのに、ウィルは瞬間移動でテーブルを挟んだ向かい側のソファに行ってしまった。なんでだろうと首を傾げつつ、じっとウィルを見ながら入室の許可を出していて気付いた。そっぽを向いているウィルの耳がちょっとだけ赤くなっていた。

(照れてる！)

「ミネルヴァ様」

「あっ、はーい？」

「湯浴みにご案内してもよろしいでしょうか？」

侍女さんたちがチラリとウィルを確認しつつも、私のお世話を優先してくれるらしい。お願いねと返事をしつつウィルに手を振ると、更にプイッとされてしまった。

「っ、ふふふっ！」

「ミネルヴァ様？　どうかされましたか？」

服を脱がされているときに吹き出してしまったせいで、侍女さんたちが怪訝な顔をした。

そもそも、普通のブラウスとスカート姿で、コルセットもなにもはめていないのに服を脱ぐのを手伝われるのってどうなのよとは思うけど、そこは令嬢パワーでやり過ごす。

「さっき魔王が照れてたの、思い出しちゃって」

「あー……」

侍女さんたちが顔を見合わせて納得しつつ苦笑い。

そりゃそうだ。ブラウスと肌着を脱いだらあらまぁ大変、大量の虫刺され!? みたいなことになっているんだもん。

「陛下、浮足立ってましたものね」

「ふふっ。朝食を急かす姿をお見せしたかったです」

なにそれ、裏でそんなことになってたの？ どれだけ可愛いのよウィルは。

侍女さんたちとキャッキャと話しつつ入浴を終わらせ、謎のマッサージで全身揉みまくられ、なんかいい匂いがするクリームを塗りたくられ、コルセット締め。
（グエッ）
久々に地獄を見た。

肋骨をギッチギチに締められ、お腹を更に締めまくられ、内臓が移動する妙な感覚を味わいつつ、一旦休憩。

「よし、着るわよ」

「「はい」」

気合を入れて、ウィルが送り付けてきたドレスを着る。

真っ赤なAラインのドレス。赤は魔王の瞳の色。銀色の刺繍は、きっと魔王の髪の色。

「すっごく、魔王の色のドレスよね。いつから用意していたのかしら？」

「陛下の魔力を纏っていますので……」

「え……もしかして、魔王のお手製⁉」

分かりやすい独占欲。ちょっとだけ可愛く感じてしまうんだから、どうしょうもない。

着替えを終えたところで、盛装したウィルが部屋に来た。コミックで見た姿だったけど、やっぱりカッコイイ。

「ん、似合っている。これ着けて……ん」

ウィルが一瞬だけ破顔したあと、キリリッとした表情を取り繕ったのがまる分かりで、笑ってしまいそうになった。

差し出されたダイヤモンドのジュエリーを侍女さんに着けてもらい、ご令嬢ミネルヴァ完成。

「どう？　完璧な悪役令嬢でしょ？」

そう言うと、ウィルが優しく微笑み手を取ってきた。

「ルヴィがそう言うときは、少し緊張してる証拠だろ？　大丈夫だ。お前は誰よりも美しく輝いている」

ウィルに言われるまで気付かなかったけれど、確かにちょっと緊張していたのかも。バレていたんだなぁって思ったら、肩から余計な力が抜けた気がする。

「行くぞ」

「はーい」

ウィルと手を繋いで人間界へ瞬間移動。

抱きしめなくても移動出来たんだなとは思ったけど、あのときはきっとあれが正解だったんだろうなと思う。

「あれ？　ここって……」

エーレンシュタッド王城の謁見室。

かなり大きな広間で、私が魔界送りの刑に処された場所でもある。

「お姉様っ！」

あー、来た来た。憎みきれない、可愛い可愛いヒロインのシセル。

「シセル――王太子妃殿下、お招きくださりありがとう存じます」

今日は魔王のパートナーとしての参加だからね、これくらいはきちんとしておこう。

「あっ！　いえ、んんっ。ごゆるりとお楽しみくださいませ。ふふっ」

シセルと二人、ちょっとだけ変なやり取りをして、クスクスと笑っていたら、予想通りというべきか、王太子であるアシュトン様のご登場。

「やあ、ミネルヴァ嬢」

「ごきげんよう、王太子殿下」

王太子が私の右手を取り、口付けをする振りをした。キモい。そして小さな声で「魔王に上手く取り入ったものだな、流石性根の腐った悪女だ」と囁いてくる。

「お褒めいただき光栄にございます」

にっこりと笑って首を傾げて、完璧なご令嬢ムーブをかます。王太子のことだから、絶対にこういう牽制をしてくると思ったんだよね。コミックの内容を思い出した私に死角はない。

王太子はヒロインであるシセルにベタ惚れしている。シセルに言い寄る男はもちろん、女にも容赦がない。わりとヤンデレ気質なのだ。だけど超絶天然なシセルが、ポヤポヤと笑顔でヤンデレを綺麗に相殺していくのが面白いコミックでもあった。

「見てる分にはいいけど、実際相手にするとなると、ヤンデレ王子とかちょっと無理だわー」

「なっ!?　私もお前など無理だが!?」

「あら？」

「ルヴィ、声に出てる」

「……おほほほ？　失礼」

エスコートで繋いでいるウィルの手がカタカタと揺れている。笑ってるな!?　と見上げたけれど、顔はスンッとした真顔だった。

(器用ね？)

そのあと、国王陛下や王妃陛下、両親などに挨拶し、正式にミネルヴァ・フォルティアは魔界で生きる宣言と、それでいいという言質を取った。

「確かに、名目は魔界送りの刑だから……うむ」

やはりエーレンシュタッド国内では『魔界送り＝死刑』の認識ではあったらしい。私一人ガッツリ生き延びる気満々だっただけで。そして、計画通りに生き延びている。

両親は少し淋しそうな顔をしていたものの、一度ウィルに追い返されたときに軽く挨拶はしていたのですぐに納得してくれた。

一番の問題は王太子とシセル。

王太子は私への刑が軽すぎる、ただ魔界に行って悠々自適に過ごしているだけではないかと声を大にして怒鳴り出した。

シセルはなにか違うベクトルで生きているので「お姉様にずっと側にいてほしいのに……簡単に行き来出来る方法はありませんの!?」とかウィルに無茶振りを言っている。

「……カオスね」

「お前のせいだろうが」

王太子に突っ込まれて、確かにっ！　と納得したのは仕方がないと思う。

繰り返される王太子のツッコミにうんうんと納得していたら、王太子がズイッと歩み出てきた。

ちょっと圧が凄いなと思ってあと退りしようとしたら、目の前が急に真っ黒と銀色に。

（ん？　魔王のマントと髪？）

王太子と私の間に魔王が入り込み、なにやらモソモソと話しているけれどよく聞こえない。

「ちょ、見えないし、聞こえないって！」

バシバシと魔王背中を叩いていたら「ハァ……」とどでかい溜め息を吐き出されてしまった。

「ルヴィに危害を加えたらどうなるか覚えさせるために、協定の破棄をちらつかせて脅していただけだ」

「脅しが怖い！」

「効果的だろうが」

「いや、過剰防衛と言うか、過剰牽制と言うか……とにかく、駄目よ！」

魔王がふむ、と顎に手を当てて考えているうちに蟹歩きで魔王の横に移動。魔王の顔を見ていると、なにやら思いついたらしく、口の端がクイッと上がった。顔がすっごくあくどい。

「では、魔石補給を倍額とする。今から」

「「今から⁉」」

国王陛下をはじめとした重鎮たちであろうおじさま方が、急に駆け寄ってきた。みんな聞き耳立てていたらしい。まぁ、貴族あるあるだよね。

「や、やれるものなら――」

「王太子殿下、お戯れもそこまでに！　魔王陛下も！」

ポヤポヤとしていたシセルがまさかの一喝。しかも腰に手を当てて仁王立ち。

「冗談で言っていいことと、悪いことがございます！」

「いや、本気だが」

「魔王陛下っ！　お姉様のお顔をご覧になってくださいませ。とても悲しんでますわよ」

（え？　私の顔？）

ザザッとみんなが私を見る。え、そういう注目の仕方、やめてくれないかなぁ？　そして魔王の怪訝そうな顔が地味にモヤッとするんだけど。

「コイツ……『あー、めんどくさ』としか考えてなさそうだが？」

「「……」」

なんでそう正解を出すかなぁ？　普通に取り繕ってくれてもよくない？　本当に『心底めんどくさ！』しか思ってなかったとしても！

「おほほほほ、そんなことないわよ。ないったら、ないわよ。ね？　ウィル――――？」

「ん、ナイ。トテモカナシンデイル。オレガワルカッタ」

「「…………」」

めちゃくちゃ棒読みだった。ウィルって演技が下手くそなのね。

ウィルの努力のかいがあり、どうにかこうにか丸くおさまった。と、思う。たぶん。ウィルが頑張ったおかげで、なんでかみんなサッと散っていったから。ただ、国王陛下が困り顔のままで居残った。

いや、居残ったっていうのは失礼かとは思うけれど。なんとなく声をかけてあげないと可哀想な気がした。いや、まぁ、それも大概失礼だろうけども。

「陛下、どうされました？」

「いや、王太子妃のそのような姿を見るのは初めてでな。ふわふわした娘かと思っていたが」

ふわふわしてるのは間違いない気がするけど、確かに。あの場で一喝するとは思ってもみなかった。確かに！　と同意していると、シセルが恥ずかしそうに俯いて焦っていた。

「だっ……だって、あんなふうに言葉遊びで、国民の皆さまの安全を脅かすなんて、絶対に駄目ですもの。王太子殿下が常日ごろから言われていることですわ」

「っ！　シセルっ！」

王太子殿下が感極まった様子でシセルに顎クイッからの頬にキスをしていた。シセルは、「やだ、こんなところで！」とか頬を染めて照れているのを見て、ふとコミックでのワンシーンを思い出した。

なんやかんやで、あのコミックの内容からちょいちょいズレているけど、やっぱり似たようなことはこの世界で起こっているのよね。今のもかなりの既視感。というか、なんだかそれに近い話を読んだ気がするなぁ。

（矯正力とかあるのかしらね？）

「いやぁ、ほんとシセルって可愛いわよねぇ」

「……なにを企んでいる」

普通に褒めたのに、なぜか王太子に疑われる私。

ミネルヴァの株ってほんと低いわよね。まぁ、あれだけのことをしていればそりゃそうなんだけど。

「べつに。妹の可愛さに悶えているだけよ？」

「信用できるか！」

「いやぁ、王太子殿下に信用とか、ミリもされなくてもいいんですけどね」

「お前、本当に性格が悪いな！」

「知ってるわよ」

ほんと見てる分にはよかったけど、王太子と反りが合わない。

この、いかにも光属性の見た目な王子様感。ヤンデレ気質のくせに。

「お姉様たち、本当は仲いいですよね？」

「仲よくてたまるか！」

「いや、無理でしょ」

「「……」」

シセルのツッコミに対しての私たちの返事が、あまりにも酷かったせいなのか、場がシーンとなってしまった。しかもウィルがなんだかいじけたような雰囲気を薄らと醸してるし。傍目には全く分からないけども。なんだかそんな感じがする。

そそっとウィルと腕を組んでみる。普通にエスコートスタイルにしようとしたら、素早く動かれて指を絡めた恋人繋ぎにされてしまった。

「私が仲よくしたいのは、ウィルフレッドだけよ」

チラッとウィルの顔を見て小声で伝えたら、一瞬ほにゃっとした笑顔が見えた。

「……フッ」

そして直後に、ウィルがなぜか王太子にドヤ顔をしていた。

王太子はなぜかちょっと頬を染めていた。

（……なにしてんのこの人たち？）

なんやかんやと、言い合いしつつ、歓談もしつつ、シセルとはまた遊ぼうねと約束しつつ、夜会をお暇することになった。

「じゃ、またね！」

「はい！　お姉様、またお手紙くださいね！」

王太子がなんでそんなに仲よしになっているんだ……とか嘆いていたけど全てスルーでいいだろう。

魔王城の部屋にヒュンと瞬間移動。いやぁ、魔王って便利だわぁ。

「……ふぅ」

珍しくウィルが溜め息を吐いてるけど、どうしたんだろうか？

「腹減った。この数日で魔力使いすぎた」

どうやら瞬間移動を繰り返していたので、魔力がごっそり減ったままなのだとか。人間界には魔力の元となるマナというものが少ないから、人間界にいるとあまり魔力が回復しないのだとか。

つまりは、前世で言う高い山のとこに行くと、酸素が薄くて、普通の平地にいる人は息がすぐに上がるとか、疲れやすくなるとか、そういうのと同じっぽい。

へぇ、大変ねぇと同調しつつ、侍女さんたちに着替えの手伝いをお願いしていたら、ウィルがジッとこちらを見つめてきていた。

「私、これから着替えるんだけど？」

「ん、あぁ……すまない」

魔王がとぼとぼと歩いて、隣の部屋に繋がっているらしいドアから消えていった。

「ねぇねぇ、そういえば隣の部屋ってなんなの？」

侍女さんたちにコルセットを外してもらいつつ聞くと、全員がキョトンとした顔になった。

「隣は、主寝室になります」

「……あ。理解しましたです、はい」

ここの部屋にベッドがあるのに、隣の部屋が主寝室。たぶん、その更に隣の部屋がウィルの私室。つまりは、ここは魔王の妻になる人用の部屋。

（ウィルって本当に馬鹿ね）

あんなにもすれ違ったりケンカしたりしていたのに、部屋はこんなところを使わせたり、変に怖がって距離を取ろうとしたり。そんなところが、可愛いと思ってしまうんだからどうしようもないんだろうけど。

着替えを終えて、ウィルに魔界の家に返してとお願いした。

ちょっとしょんぼりした顔なんてしないでよ。

「家でなにか軽く食べたいんだけど」

「っ、ん。タコス？　作ったと言っていたヤツを食べてみたい」

「えー？　夜中なのに？」

夜会が終わって着替えたりなんたりで、既に夜中の一時なのよね。タコスとなると結構な高カロリーな気が。

「駄目か？」

「うーうん。いいよ、食べよ」

食べたいオーラ全開の魔王が可愛いから、カロリーは無視して一緒に食べてしまおう。ご飯は、誰かと一緒に食べた方が美味しいもの。

ウィルと二人で家に帰ってきた瞬間だった。

ドッタドタ走る足音とビュンと飛んでくる毛むくじゃらの物体。

「「わふぅぅぅぅぅ！」」

「グエッ」

なぜかフォン・ダン・ショコラに体当りされた。なんでよ、酷いわね。

「「わっふわっふぅぅ！」」

「ん、ああ。ただいま。ん、ルヴィと仲直りした」

ちょい待ちフォン・ダン・ショコラくん。

君たちは、ウィルと私がどうなったかを気にしていたのかね。そしてウィルが家に来たのが嬉しいのかね。尻尾がもげそうなくらい振られてるけども。それで飼い主に体当たりとは、なんだか淋しいぞ。

「……一週間、ドッグフードね」

フォン・ダン・ショコラを飼い始めた当初、食べるかなと思って買ったドッグフードが貯蔵庫に置かれたままだからね。アレを食べなさい。

「「クキュュュン」」

「……鬼畜だな」

「なにか言ったかな？　うぃるふれっどくぅん？」

「なにも言ってない。フォン・ダン・ショコラの通訳をしただけだ」

ウィルがそういった瞬間のフォン・ダン・ショコラの顔は、恐れられているケルベロスなのに、めちゃくちゃ絶望感に溢れていた。

「ブッ！　あはははは！」

お腹を抱えて、涙目になるほど笑ってしまった。面白かったから許してあげよう。

貯蔵庫に行って、タコスの具材たちを持ってダイニングテーブルに並べていたら、フォン・ダン・ショコラがキューンと鳴くのでなんだと思ったら、炒めた牛ミンチを見てドッグフードと勘違いしたらしい。

「いや……違うからね⁉」

なぜかウィルもホッとしていた。お肉のいい匂いがするのに、なんで見た目だけでドッグフード扱いなのよ！

「「いただきます」」

二人で向かい合って言う『いただきます』は、なんだか凄く凄く久しぶり。

「まずはね、タコス生地の真ん中にレタスを置いて――」

二〇センチほどのタコス生地の上に、ふわっと掴むくらいのレタスを置き、ミンチ肉をスプーン三杯ほど、そこにサルサを同じくスプーン三杯ほどのせて、半分に折りたたんで、ガブリ！

サルサからしたたる汁でちょっと手が汚れるくらいは気にしない！　ちゃんと大きめの濡れ布巾をそれぞれに用意してるからね。

一口目、サルサの酸味とほのかな甘み、そして唐辛子の辛味がガツンときて、肉の旨味がぶわりと広がる。咀嚼して飲み込むと、フワッとコーンの甘い残り香が鼻の奥をくすぐってくる。

複雑でいてまとまっているこのタコスという不思議な食べ物。もう一口、もう一口と食べてしまい、気付いたらタコスを四個もぺろりと食べてしまっていた！　なんてことになる、恐ろしい食べ物なのだ。

「色々とトッピングを替えるのも楽しくてね、子ども向けのケチャップやマヨネーズ、チーズとかも美味しいよ」

「んむむ、ふむ、ん！」

「……飲み込んでから喋りなよ」

ウィルが物凄い速さで食べ進めながら、なにかを言っているけど、全く分からない。ずっとモゴモゴ言いながらタコスを食べていた。

タコスをもりもりと頬張るウィルを、頬杖ついて眺めていると、ウィルがジッと見つめ返してきた。

「……ん？　どうした？」

「んー？　おいしい？」

「美味い」

　コクンと頷いて、むしゃむしゃ。

　ウィルはサルサ多めのチーズ入りが気に入ったらしく、レタスをちょっと減らしてみたり、肉は減らしたくないなとか色々と呟いたりしながら、具材の調整をしている。

　ウィルって、ほんと可愛いなぁ、こういう時間が幸せだなぁと思っていたら、不意に涙がポタリと落ちてきた。

（あれ？　なんでだろ？）

　ウィルが気付かないうちに止めなきゃと思えば思うほどボロボロと落ちてくる。

「……っ、ルヴィ⁉」

「ごめっ、ちょ、なんでかな？　あはは」

　笑って誤魔化したけど、ウィルが焦った顔で真横にすっ飛んできて、ギュムッと抱きしめてくれた。

　違うんだよ、ただね、ホッとしただけなんだよ、って何度も伝えるのにウィルは私を離さなかった。ずっと抱きしめててくれた。

「も、大丈夫だから、続き食べなよ」

「……明日の朝食べる。フォン・ダン・ショコラ、片付けを」

「『はい、まおうさま』」

フォン・ダン・ショコラがポフンと人型になってくれて、片付けをしてくれた。ごめんね、ありがとう。

そしてウィルはというと、私をひょいと横向きで抱き上げて、お姫様抱っこに。びっくりして涙が引っ込んでしまった。

ウィルが寝室に向かい出したけどちょっと待ってほしい。

「魔王、魔王、待って！」

「待たん。あとウィル」

（違うんだってば――――）

「いや……、ウィルも私も結構に玉ねぎとかニンニクとか臭いから、このままは流石に嫌なんだけど⁉」

「……」

サルサには大量の生玉ねぎのみじん切り使っていたし、お肉にも玉ねぎやニンニクをいっぱい使っていた。歯磨きくらいはしておきたい。

「……」

ウィルが眉間に深い深い峡谷を刻み、なにかをもそもそっと呟いたかと思ったら、私たちを爽やかな風がふわりと包み込んで、フローラルな香りを残して消えた。

「清浄魔法と芳香魔法を使った。これでいいか」

清浄魔法は分かる。別の作品とかでクリーン魔法とも言われてたりするやつだよね？　ダンジョンに籠りっぱなしでも清潔に保てます！　みたいなやつ。芳香魔法ってなんなのかな？　ミントっぽいいいい匂いがするからそれが芳香魔法の効果かもしれない。

「ほら、着替えてこい」

「はぁい」

ウィルにクローゼットの前まで運ばれ、そっと降ろされた。着替え終わるとウィルがおいでと手を伸ばしてくる。

（くっそぉ、かっこいいなぁ――――）

なんでか負けたようで悔しく思いつつ、差し出された手を掴んで歩み寄ると、またもや抱き上げられ、ベッドにふわりと寝かされた。

ウィルは私の横に寝そべると、抱き寄せてそっと背中擦ってくれたので、ウィルの胸板に耳を付けるような形で目を閉じる。

トクントクンと規則正しい心音。

ポカポカとしたあたたかい他人の体温。

名前を呼ぶ、甘くて低い柔らかな声。

（落ち着くのよねぇ）

「不安にさせてすまなかったな」

ギュッと抱きしめながらウィルが言ったその言葉と、柔らかく呟かれた「愛してる」という言葉に、また涙が溢れてしまった。
臆病で馬鹿な魔王だけど、かっこいい。
(―――好き)

第十三章　久しぶりの魔王魔王しい魔王

ウィルに抱きしめられたまま眠って、朝を迎えて、腕の中から抜け出そうとするけど、がっちりとホールドされていた。

「なにをモゾモゾやってる」

「あ、おはよ」

「……ん」

クスリと笑ったウィルが、鼻の頭にチュッとキスをしてきた。なにこの甘い朝！　あと、ウィルが可愛い。

「今日まで休みにしてるんだろ？」

「してるけど？」

「俺も休みだ」

「……知ってるけど？」

スルーッとベッドを抜け出して着替えに向かおうとしていたのに、大股で近づいてきたウィルに後ろ抱きにされた。

「ちょっ？」

「久しぶりなんだ。もっと二人きりで過ごしたい」

「ええ？」

「それは、どういう返事だ」

ウィルってわりと、ベターッとくっついてのんびりするの好きよね。抱きしめながら寝るのも好きらしい。

私がウィルより先に寝ているときってわりとあったんだけど、朝起きたら今朝みたいにギチギチに抱きしめられているのが基本。

暑苦しいと文句を言うと、物理的にというか魔法的にというか、室温をグッと下げられる。なにも考えずに苦情を言うと、完璧に私の退路が断たれる。

「魔王って、ほんと魔王よね」

「……褒められているのかよく分からんな」

「私も分かんない！」

「ブハッ！」

ウィルが声を出し、お腹を抱えるほどに笑い出した。珍しい。

「ルヴィは本当に打てば響くというか。話していて楽しい」

「お褒めに与り光栄です？」

ウィルって、立場的にあんまり馬鹿話とかできなさそうだから、私みたいな珍妙な生物を愛でているだけではなかろうかという気分になる。

「友達とかいるの？」

「そこそこ失礼な質問だな」

「ごめぇん？」

「まぁ、少ないが日常的に話をする相手くらいはいる」

（いるんだ？　あ！）

「もしかして、ヒヨルド？」

「ん」

正解だった。

ウィルってヒヨルドに変装したり、結構好き勝手に使ってるわよね。まぁ、仲がいいからこそなんだろうなというのは、なんとなく思っていた。

「ヒヨルドとはどうやって知り合ったの？」

「ん？　あいつは二〇〇年前に拾った」

（拾った？　二〇〇年前⁉）

予想外すぎる単語がポロポロと出てきすぎだ。

魔界の人たちって私よりもめちゃくちゃ歳上なのかもしれない。人間に換算すると一〇分の一と考えても、なんか違う感じがする。だって、どのみち二〇〇年は生きてるんだから。

「ヒヨルドって、見た感じは武官とかでも行けそうだけど、文官なんだよね」

「ん。あいつは文官の振りをしていて、実は戦えるというのがモテる秘訣だとか言って文官をやっている」

「煩悩にまみれたうさぎなの!?」

「ん。あいつは全欲望の塊だ」

ウィル、まさかの全肯定でヒヨルドディスり。だけどフォローも忘れない。

ヒヨルドは魔力が多く、土系の攻撃魔法はかなり得意で、瞬発力もいい。軍隊側を勧めたが、煩悩的な理由で拒否してきたとのこと。

魔具で遊ぶのはかなり好きらしいのでそれならと魔具庁に入れたら、メキメキと頭角を現し、貯蔵庫の改良などかなり大掛かりな仕事もやってのけているらしい。

「ヒヨルド、有能だったのね……」

「ん。だが細かい作業が苦手だな。特に氷魔法はかなり苦手だ」

冷却系の作業をお願いすると渋々な感じを醸し出してくるのは、それが理由なのか。

ウィルとのんびりおしゃべりをしていたら、遅めの朝ご飯を通りすぎて、お昼ご飯の時間になっていた。お腹は減っていないか聞くと、物凄く空腹だと言われた。

「もぉ、それならお腹が減った時点で言ってくれればいいのに」

「そうしたら、ルヴィが離れていくだろ」

（なにその理由は。ウィルが可愛すぎる！）

「昨日の残りが食べたい」

「タコス？」

「ん」

タコスがとても気に入ったことと、昨日の夜に少し残していたから全部食べたいそうだ。それは構わないけど、タコスだけだとそんなに足りないな、というくらいの量しか残っていなかった。となると、なにか追加で作りたいところ。

(ササッと作れるのはパスタかなぁ)

そう思い立ち、鍋でパスタ麺を湯がきつつ、横でフライパンにオリーブオイル的な油……つまりはオリーブオイルを引く。そこにスライスしたニンニクを入れてから火にかける。

油が冷たいうちにニンニクを入れるのは必ず！　温めてから入れるとすぐ焦げて油に匂いが移らないからね。ニンニクがきつね色になってきて、もう一歩ちょいで焦げるってくらいが私の好み。引き上げが遅れると本当に焦げるからなかなかにチキンレース。

ニンニクを取り出したら鷹の爪を入れる。一分ほど熱したら鷹の爪を取り出して、アーリオ・オーリオ・ペペロンチーノの完成。この油の名前がこの長ったらしいやつ。

麺が茹で上がったら、茹で汁をオイルに入れてガシガシとかき混ぜて乳化させる。いわゆるドレッシングとかマヨネーズと一緒の現象。乳化させたソースに麺と取り出していたニンニクと鷹の爪も入れて、ガッシガシとまた混ぜる。

お皿に盛って、パセリを散らせばスパゲッティ・アーリオ・オーリオ・ペペロンチーノの完成。

名前が長い！　なので、ペペロンチーノの完成っ！

「ニンニクのパスタだと言うからちょっと怖かった。ニンニクの匂いが思ったよりしないというか、投げつけられたやつと違って、香ばしくていい匂いだな」

「ちょっと？　いつも投げつけてるみたいに言わないでよ。投げつけたの一回じゃん！」

それほどまでにニンニクペーストボムは強烈だったとかなんとか言ってるけど、聞こえていない振りをした。

「ん、いただきます、美味い！」

いただきますからの美味いが早い。口に入れた瞬間に言ったなと思うと、妙に笑いが込み上げてきた。最近のウィルは可愛かったり、子どもっぽかったりしていて、素の部分を見せてくれている。

物凄い速さで麺が消えてくけど、ちゃんと噛んでるの？　そんなに巻いて口に入るの？　あ、入った。頬がパンパンだけど入ったね。

ハムスターみたいに頬をパンパンにしてパスタを食べ、間にタコスも食べては、ほにゃりと微笑んで美味しいと言ってくれる。

「ああ、ほら、濡れ布巾！」

サルサの汁で手をベタベタにしたウィルに濡れ布巾を渡すと、モゴモゴ言いながら受け取って手を拭いていた。たぶん『ありがとう』なんだろうね。

(子どもかな⁉)

ペペロンチーノを食べて大満足のウィルだけど、口が臭い。

「……流石にちょっと傷つくぞ？」

「いや、どうあがいても臭いもん」

「……ふん」

ウィルがふいふいっと指を動かしたら、ニンニク臭がさっぱりと消え去ってしまった。

また魔法か！　ほんと便利だねぇ。

「…………ふんっ」

ウィルの俺いじけてますアピールが凄い！

リビングに移動するよと声をかけると、そそくさとついてくるんだからちょっと可愛い。

ストックで置いていたクッキーをテーブル出し、紅茶を二人分淹れて、置きっぱなしにしていた本と一緒にソファにゴロンところがる。うつ伏せでペラペラとページを捲って前回読んでいた場所を探す。ウィルはストレージからなにかを取り出して、書き物を始めた。

「なにしてるの？」

「ん？　書類にサイン」

「ほへぇ。仕事？」

「ん。早めにサインを欲しがるからな。執務室の転送箱に置かれたら、ストレージにくるよう設定した。ヨルゲンが」

（ヨルゲンって……あ、おじいちゃんか）

しかし、おじいちゃんって本当に凄い人だったんだよね。

そういえば、ウィルが初めてウチのお店に来たときって、ヒヨルドの格好だったよね？　おじいちゃんと顔見知りじゃなさそうだったけど、ヒヨルドはおじいちゃんに仕事を頼もうとしてたんだよね？　なんで初対面みたいな感じだったのかな？　なにか話せない事情でもあるんだろうか？　その場合、聞いても教えてくれなそうではあるけど。

「あー。ヒヨルドが門前払い受けてたからだな」

（門前払い？）

おじいちゃん、受注しないタイプの頑固発明家らしく、心底気に入ったものじゃないと裏から顔も出さないらしい。そういえば私のときもそんな感じ……で、すぐ出てきたね。かき氷器を急いで作って、かき氷に舌鼓打ってたね。

「ん？　でも、ウィルは知ってた？」

「名前と顔くらいはな。二〇〇年前くらいは、あのジジイまだもうちょっとアクティブだった」

「アクティブ？　おじいちゃん、ほぼ毎日のようにウチに来てるけど？」

「…………あいつそんなに入り浸ってたのか。暇なのか？」

自由なおじいちゃんを思い出して、クスクスと笑って、クッキー食べて、また読書。ペラリペラリと捲れるページの音と、ウィルがペンを走らせる音。とても静かで落ち着く。

「そうだ。ルヴィちょっと聞きたいことがある」

「ん？　なに？」

ウィルが開いていたバインダーをパタンと閉じた。なにかの資料を読んでいたらしいんだけど、それらを全て片付けて、ジッとこちらを見てきていた。

「ルヴィの言う『この世界』というのは、魔界のという意味じゃないよな？」

「……ん？」

にこっと笑って首を傾げた。でも駄目だった。

「お前の妹が、本物のミネルヴァはお茶会のときに死んでいると言っていた」

「ほぁぁぁ⁉　いや、死んでない死んでない！」

「大丈夫だ、分かっている。なにがあってもお前を守るから」

「………」

「おい、なんでそんな目のすわったキツネみたいな顔になる」

チベットスナギツネみたいなのがこの世界にもいるのかね？　というか、おおよそ恋人であろうご令嬢に、『お前チベスナそっくしー！　笑』とか言うんか！　と立ち上がって怒ったのに、ウィルは半笑いだった。

「いや、チベスナがなにかは分からないが、そこまでは言ってないだろ。あと、おおよそじゃなく、恋人だろう？」

「言ったし！　あーあー、もぉ怒った！　夜ご飯は私の好………へ？　恋人でいいの？」

「逆になぜ『おおよそ』だと思ったんだ。全く……」

ウィルが仕方なさそうに笑いながらお茶を飲む姿は、なぜか老人みを感じた。

「おい、口に出てるぞ」

ウィルが真顔になったので、急いで話を戻すことにした。

「んで、死んでないから！　わりとちゃんとミネルヴァだから。いや、やっぱそうでもないかも。

前世の私の性格がかなり前に出てきてるから。いやでも、ミネルヴァはミネルヴァなんだよね。なにこれ？」

　そういえば今まで、自分がどっちかとか、どういう状態なんだろうかとか、しっかりと考えたりしてなかった気がする。

「いや、俺にも分からんが。まぁ……ミネルヴァだろうがなんだろうが、今のお前ならそれでいい」

　真顔で普通に爆弾発言されて、耳まで熱くなった。

「ふっ。お前は、こういうストレートな言葉に弱いよな」

「な、なによ！　違うわよっ！」

「ん。そういう虚勢も可愛い」

「ギャァァァ！　ウィルがなんか変っ！」

　ウィルがくすくすと笑いながら「お前は本当にうるさいな」と言ってきたけれど、慈愛に満ち溢れたような表情だった。なんでか負けたような気分になって悔しい。

　負けてない、負けたような気分だから、負けてないと、自分に言い聞かせた。

◇◇◇

　ウィルに前世の記憶が聞きたいと言われて、ソファに移動しつつ思い出したことをぽつりぽつりと話した。

「んーと。日本って国で、魔法とか一切ない世界だったけど、この世界よりも随分と発展してた」

「魔法がない？」

「ないわね。衝撃的なほどになかったわ」

説明が面倒くさいので、超能力者とかマジック的なのとか、なんかそういうのは横に置く。

電気やガスの説明も横に置きたかったけど、そこは説明しろよと呆れられた。酷いなぁ。一般人はさ、通電とか機械の仕組みとかほぼ知らなくない？　コンセントに挿してスイッチ入れたらペカーッ！　でいいじゃない。簡単にしか説明出来る気がしないもの。

「ええと、魔力がないかわりに、電気っていう物質？　が機械を動かすのね」

「いやだから、デンキってなんだ」

「あ！　え？　ええ？　…………雷は分かる？」

「分かる」

そりゃそうか。

「静電気とかは？　あー、セーターとか服を脱いだときバチッてくるやつ」

「セーデンキという名前じゃないが理解した」

（そうなんだ⁉）

「磁石をくっつけようとすると、くっつく方向と反発する方向があるのは分かる？」

「分かる」

「アレの反発するのと同じ法則が電子って物質？　にあって、雷みたいな電流が発生すると……ん？　ええっと、なんか反発し合ってそこに力が生まれて、光だったり熱だったりを生む？　んだったかな？　なんか色々混ざってる気がする」

「なるほど、だから雷は光っているのか。そして、電気というものは元は光っておらず、目視出来ないものだと」

（えっ⁉）

「そして、その電流で起こる力を使って魔具を動かしているということか。それらを貯める魔石のようなものがあったりもするパターンだな」

なんでか知らないけど、伝わった！　奇跡⁉　ってかウィルの頭がどえらくいい可能性。

「いや、雷魔法があるからな。熱や光の発生原理が分かれば、それを活用しようというのは理解出来る。魔力をどうにか活用出来ないかと考えられて魔法や魔石が生まれたことと似たような流れだな」

私には全く分からないけれど、ウィルが言うからそうなんだろう。まぁ、とにかく、そんなものを発見してそれを使ってなにかを動かそうとか色々と考えて実験し続けてくれている人たちのおかげで、驚くほどに便利な世の中になった。

（ありがとうございます！）

電化製品などが便利というのは、どう便利なのか……と問われると、なんともかんとも説明がしづらい。

テレビ？　スマホ？　電車や自動車は私の説明でもウィルなら分かるかも。あ、冷蔵庫は地味にほしいんだよね。おじいちゃんに言えばよかったんだ。なんで言ってなかったんだっけ？

（————あ）

「ウィルがいるから、魔具に頼ろうとか思わなかったんだったっけな？」

「…………」

ウィルが無言で抱きしめる腕の力を強めてきた。苦しいんですけど？　絞め殺す気かな⁉

「レーゾーコの説明」

「はいはい」

大きな箱型というか、扉付きキャビネットと言った方が伝わるのかな？

それの中がずっとひんやりとしている道具。なんのために使うのかと言われると、大きなところでは腐敗防止であり、保存なんだけども。

ウィルは保存なら貯蔵庫で充分だろうと言う。確かにそうなんだけど。そうじゃないっていうか。

「例えばゆっくりゆっくり冷やしたいものとかあるのね」

「冷却魔法でいいだろ？」

「使える人って結構少ないんでしょ？」

「…………確かに」

ウィルはさ、自分が当たり前に使えるから不便さとかミリも感じてなかったパターンだよね。

「……………」

でた！　無言でやり過ごすつもりなウィル！

「私はハッキリと言質を取るぞ！　吐けぇい！」

ウィルの横っ腹に手を回す。ワキワキと指を動かしまくって、ウィルの横腹をくすぐっていたら、指に感じていたすべっとしていた肌の感触が、カッチカチのツルッツルに変わった。ガラスみたいな、研磨された金属みたいな。

ツンツンしても、硬いなにかに横腹が覆われている感じ。これはアレだ。

「なにを防御魔法とか使ってんのよ」

「…………くすぐったい」

魔王の弱点見つけたり！　防御魔法とか使うほどに弱いのか！

「ちょ、ちょょーっと解除してみてよ！　ちょっとだけでもいいから！」

脳しんとう起こすかと思うくらいのデコピンされた。

「お前は本当に……アホだ」

「知ってるよっ！」

私は基本的にこんなんだよ。前世のときから。

「とにかく！　冷蔵庫は便利なのっ！」

冷やしながら時間を掛けてじっくりと味をなじませたりとか。これをすることによって、格段に美味しくなる料理っていっぱいある。そして、貯蔵庫には絶対にできないこと。

「ふむ……」

ウィル、美味しいものがいっぱいできるという言葉で考え直した？

ナマズなおじいちゃんに相談してみたらいいんじゃないかとか言い出した。見事な掌返し。

前世のことをもっと知りたいとウィルに言われたけど、前世のことってなんだろう？

「……どう生きてたかとか、なにをしていたとか」

「んー？　普通なんだけどなぁ……」

地域密着型の大型スーパーで働いていた。

基本的には調理場にいた。新商品の開発とかもしたりしてたのよね。仕事を終えたら一人暮らしの家に帰ってご飯作って食べて、テレビ見たりスマホで動画やコミック見たりしてた。

私がポソポソと話している間、ウィルは静かに話を聞いてくれていた。

シセルがヒロインとして出てくる異世界恋愛のコミック。それにウィルも出てきたんだよね。出番はね、あんまり多くなくてちょっと残念だったけど。まさかフッと気付いたら、そのコミックの世界にいるとか思わないじゃない？　しかも平凡だって自認してる私が、波乱万丈な悪役令嬢に転生って本当に夢みたいな生まれ変わり方。

もうコミックの話とか全く関係なさそうな状況だけど、どうなってるんだろうね？　色々あったけど、毎日が楽しいからいいんだけどね。

明日からまたお店を開けて、お客さんたちと騒ぎながらこの世界で楽しく過ごしたいな。

第十四章 転生悪役令嬢の美味しい成り上がり

ルヴィが前世の話をぽそりぽそりと話してくれていた。

言葉を迷って、ゆっくりと選んで、そっと紡ぎながら。

前世で読んだコミック――本のようなものだろう。その中にいるんだと言い出した。その中には、ルヴィの妹や王太子や俺がいたらしい。

そのコミックというやつを読んでいたころから、俺のことを気に入っていたのだと。しかし、出番が少なくて、ちょっと残念だったらしい。

いまいち意味が分からないというか、理解しがたくはあるが、ルヴィがそう言うのだから、そうなんだろう。

数ヵ月後に断罪されることが判っていたらしい。悪名の轟いてしまっている人間界では、生き辛いから、妹に相談して魔界で生き抜く方法を模索したのだとか。

その悪名のおかげで俺はルヴィと出逢えたのかと思うと、嬉しくもあるのだが、腹立たしさもある。

もしあの森を抜けられず、魔獣の餌になっていたらどうするんだ。もっと命を大切にしろとルヴィに話しているうちに、ルヴィがすやすやと眠ってしまった。

腕の中ですうすうと穏やかに寝息を立てているルヴィ。可愛いくて、騒がしくて、極稀に聡明で、得も言われぬほどに美味い飯を作り、屈託のない笑顔を向けてくる。

今世はなんとも言えないが、きっと前世では心がとても健康だったのだろう。

眠るルヴィの頬をゆっくりと撫で、肩を撫で、背中を撫でる。すると、寝ているはずなのにもそりと動いて俺の脇腹のシャツをキュッと摘んできた。

これはくすぐりたいのか、抱きついてきたのか、微妙だな。なんせルヴィだから。

しかし、本当に知りたかったことは知れなかった。前世では相手がいたんだろうか？

◇◇◇

朝起きると、ウィルがじっと見つめてきていた。

「なに？」

「キス」

「え……うん」

チュッと触れるだけのキスをして離れると、真顔だった。

「もう一回」

朝から甘えん坊だった。

昨夜に引き続き、前世のことを少し話しつつ、朝ご飯はなにが食べたいかなんて話していた。

こういうのんびりした朝ってなんかいい。

朝ご飯はパンとシーザーサラダに決めた。

まずはマヨネーズと同量の牛乳をしっかりと混ぜる。そこにレモン汁をブシャーッと入れ、ブラックペッパーをゴリゴリ、更によく混ぜる。まぁ、これだけでも充分なんだけど、ニンニクを入れてないことで、シーザーらしさのパンチがちょっと足りない。

貯蔵庫から乾燥させて砕いたバジルを持ってきてパラリ。そこに粉チーズもわっさり。シーザーからちょっと離れかけてるけれど、これはこれでとても美味しいのだ。

お皿にちぎったレタスを盛って、半熟な目玉焼きをその上にのせ、ドレッシングをタラリ……ダプリ。シーザー系は多い方が美味しいもん。

パンは食パンを焼いてバターを塗っただけ。

サラダのお皿に残ってるドレッシングを付けて食べるのがオツなの。お皿に黄身がちょっと残ってたら、それもパンに付ける。めちゃウマだからね。

「んまい」

「でしょ！」

ウィルには目玉焼き三個と食パン三枚。レタスは超大盛り。

それでも腹八分目にもなってないって言うんだから、凄い。どういう胃してんだろ。

「なぁ、前世のことで聞きたいんだが……」

「またぁ？　なにを？」

ウィルがもじもじとしてなかなか本題に入ってくれない。なにを聞きたいのか全く分からないから、ハキッと言ってほしい。

「っ……あー…………ん、帰ってきてからにする」

ウィルは話が長くなりそうだからって言うけど、なんか変な感じがする。野生の勘的なので。

結局、ウィルはご飯のお皿を片付けてから瞬間移動で消えて行った。

「――ってことがあったのよね。なにを聞きたかったんだろうね？」

「は……アンタ転生者だったのかよ」

「あれ？　ヒヨルド知らなかったの？」

「初耳」

（おんやぁ？）

やっぱ聞かなかったことにしておいてとお願いしたら、普通に嫌だと言われた。まぁ、悪用しないでくれるんなら別にいいけどね。

ヒヨルドの予想的には、私生活とか交友関係が知りたいんだろう、ってことだった。

私生活ってなんなんだろう？　私が家でやってることとかだよね。日常生活ともちょっと違う。

「意味分からん」

「魔王が帰ってきたら、魔王に聞け。それが一番早い」

「そりゃそうだ。りょーかい」

そのあと、夜までお客さんたちとワチャワチャおしゃべりしながら営業し、お店を閉めたあとはサッと居住スペースに戻った。

　ダイニングで座って本を読んでいたウィルに「たっだいまー」と挨拶しつつお風呂に直行。上がったら頭にタオルを巻き、キッチンに向かった。

「ウィルは食べるの？」

「ん、食べる」

　なんとなく食べたかった豚の生姜焼きを作り、山盛り千切りキャベツを横に添える。白ご飯は山盛り！

「んっまっ！　あー、いいよねー、この生姜がガツンとくる感じ。生姜焼きで正解だった。箸休めのキャベツもいいよね。一緒に食べると美味しいし」

「おかわり」

「はーい」

　ご飯のおかわりをドドンと盛って渡す。

　ウィルは豚バラ肉でお米を巻いて食べる派らしい。それ美味しい食べ方だ。

「それで、聞きたかったことってなに？　ヒヨルドは私生活とか交友関係だろって言ってたけど、どうなの？」

「…………」

　生姜焼きを黙々と食べ続けているし無反応なので、やっぱり違うよねーって言いかけていたら、ウィルがこちらを見ずにボソリと呟いた。

「……………結婚とかは？」

「へ？　結婚？　誰と誰が？」

「……前世のルヴィと誰かが」

「誰ともしてないけど？」

「ん」

私はウィルを見つめながら答えてるのに、ウィルは視線を生姜焼きに固定したまま。人の目を見て話さないと駄目なんだよ？　いや、別に駄目でもないけどね、なんか悲しくはなるよ？

「ウィル、言いたいことはちゃんと言おうか？」

「っ…………前世でお前に愛されたヤツがいたのか…………気になってた」

「ほむん」

「どういう反応だそれは」

いや、知ったところで、じゃない？　とは思うけど、まぁ、気になるっちゃ気になるか。

「細かくは覚えてないけど、たぶん結婚してないし、お付き合いしてた人もいなかったと思うよ。そもそも、何歳でどうやって死んだのかも覚えてないけどね」

「あ……ん、すまなかった」

「いいよー」

覚えてないから、傷つきようも怖がりようも悲しみようもない。

そして、私はウィルが過去に誰かと……とかは聞かない主義だ。三〇〇年も生きてりゃなんかはあったでしょ。ウィルが話したいなら聞くけど。藪をつついて蛇を出したくないし、墓穴も掘りたくない。

「ごちそうさま！」

「……ん」

◇◇◇

毎日が楽しい。

かなりたぶんおおよそ平和にウィルと同棲しつつ、お店もワイワイガヤガヤと繁盛している。

気付けば、ウィルと暮らし始めて二年だ。間でなんやかんやあったのはノーカンとする。

妹のシセルとは手紙のやり取りを頻繁にするようになった。今もウィルから渡された手紙をリビングのソファで読んでいるところ。

天然なシセルがなんやかんやとやらかしては、ヤンデレ王子がなんやかんやしているらしい。

対岸の火事なので、文字で見ている分にはとても楽しい。

「多少、同情はするがな。天然は天然だと気付かないものだ」

横で手紙を覗き込んでいたウィルが苦笑いしていた。

「どういう意味よ？」

「さてな」

フッと鼻で笑って、視線を手元の書類に戻していた。

なんだこのやろう、オヤツに出してたクッキー全部食べてやる！

「しょこらもたべるー！」

「オレもたべるぞ」

「ボクは、いちまいでいいです」

フォン・ダン・ショコラ、最近はずっと人型のままなんだけど、大丈夫なのかな？

まぁ、ときどきは犬型に戻ってるけど。あ、犬って言ったら怒られるんだった。あー、えっと……あ！　ケルベロス型だ。

三人とも言葉がしっかりとしてきたし、ちょっとだけ成長もしている。と言ってもまだ一〇代初めって感じだけども。

こうやっていると、なんとなく五人家族って感じで楽しい。

まぁ、ウィルとは結婚もなにもしてないけどね。

いつだったか、ウィルが前世で結婚していた相手はいるのかとかジメジメっとした感じで聞いてきたくせに、あれ以来全くもってなんのアプローチもない。なんだったんだあの質問は。

ちょっとだけ期待してたんだぞこんにゃろめ。

「ん？　したいのか？　するか？」

「軽っ！」

びっくりするほど軽く言われた。しかも書類から目を離さずに。

てか、また口から漏れ出てたの？　どこから？

「知らんが、結構な長ゼリフで出てた。魔界を挙げての式典になるだろうから、嫌がるかと思ってたが？」

「…………嫌、ですね」

「だろ？」

魔王の妃になった場合、別にお店は続けてていいが、かなりの数の護衛を置くことになると言われた。

なぜに？　と思っていたら素早く解答がきた。魔王が持ってる指輪を手に入れられれば、わりと凄い魔力を得られて、魔王になれるかららしい。

「……あの、それって…………に、二センチくらいのゴツいヤツ？」

「ん」

「…………あのそれ、忘れてませんでしたかね？　ウチの店に」

「ん」

「なにやってんのよ……」

「いや、邪魔で」

魔王の証を邪魔って言うなんて……。

そりゃ、あのときおじいちゃんが誰にも渡したら駄目って言うはずだ！　てか、おじいちゃん、よく我慢したな！

「魔王なぞ、面倒なだけだぞ？　アイツもそれが分かってんだろ」

「…………まぁ、仕事大変そうだけど。でも、凄い魔力……」

「凄いと言ってもなぁ。俺、五分の一くらいが増えただけだしな。誰がどうやって手に入れても、取り返せるし。ただまぁ、お前が危険な目に遭うのは、ちょっと嫌」

「……ちょっとなの？　………そこ、ちょっとなの⁉」

そういえばこの魔王って、なんか世界最強とか言われてる人なんだっけね。唐揚げモグモグマンじゃなかったんだっけね。

私が危険な目に遭うのが『ちょっと』嫌だと言ったことについては、いつか鉄拳制裁したいと思う。

◇◇◇

「ウィル、おかえりー。お昼ご飯？」

「ん、食いに戻った」

「よぉ」

「ヒヨルド、またいたのか」

ウィルが呆れ顔でヒヨルドを見ていた。

「人のこと言えねぇだろ！」

最近、ウィルは毎日のようにお昼も食べに戻ってくる。家側では相手出来ないから、お店でお客さんに交じって食べてもらっているけど、そこんとこ魔王としての威厳とかはいいんだろうか？

　フォンにヒヨルドが注文したカレー定食を渡して運んでもらう。

「おまたせー」

「しました、を付けろ。しました、を……」

　ヒヨルドはなんでか、フォン・ダン・ショコラによく言葉を教えてくれている。私の話し方が雑だとかは聞こえなかったことにした。

　他のお客さんの注文を準備しているとき、昨日の夜に結婚がどうのとか話していたせいか、ウィルの家族の話ってちゃんと聞いてなかったなと思い出した。

「そういえばさー、お母さんの話は聞いたけど、ウィルのお父さんは？　センシティブなやつ？」

「あ？　親父？　親父そこらへんにいるんじゃないか？」

「え？　お父さん生きてんの!?　挨拶とかしてないよ!?　お宅の魔王さん預かってます。大丈夫、元気ですよ。健康に気をつけて育ててます。って」

　てっきり亡くなっているとばっかり思っていた。挨拶とかしていなかったことに慌てたが、ウィルは別に挨拶はいらないと言う。

「えー？　でもさぁ、一緒に住んでるし、一応『お付き合いさせていただいてます』的なの、いらない？」

行かなくていいなら急いでは行かないけど、いつかは結婚するんだし、挨拶はちゃんとしておきたくはある。

「ん、いつかでいい。それより、オムライス」

「はいはい。とろふわタイプね？」

「ん！」

嬉しそうに微笑んだウィルを見て『魔王を餌付けして、魔界の食堂で安全安心に生活☆計画』は完全に成功しているなと思う。ただ、私も魔王にオトされてるんだよなぁ。

（まぁ、幸せだし、いいか！）

転生悪役令嬢ミネルヴァ・フォルティア、なかなか美味しい成り上がりが出来ているわよね！

本書に対するご意見、ご感想をお寄せください。

あて先

〒162-8540 東京都新宿区東五軒町3-28
双葉社　Mノベルス f 編集部
「笛路先生」係／「犬月煙先生」係
もしくは monster@futabasha.co.jp まで

ノベルス

魔王様《まおうさま》の餌付《えづ》けに成功《せいこう》しました～魔界《まかい》の定《てい》食《しょく》屋《や》で悪役令嬢《あくやくれいじょう》が魔族《まぞく》の胃袋《いぶくろ》を掴《つか》みます～

2025年4月13日　第1刷発行

著　者　笛路《ふえじ》

発行者　島野浩二

発行所　株式会社双葉社

〒162-8540　東京都新宿区東五軒町3番28号

［電話］03-5261-4818（営業）　03-5261-4851（編集）

https://www.futabasha.co.jp/（双葉社の書籍・コミック・ムックが買えます）

印刷・製本所　三晃印刷株式会社

［電話］03-5261-4822（製作部）

ISBN 978-4-575-24811-1 C0093

Mノベルス

愛さないといわれましても
元魔王の伯爵令嬢は生真面目軍人に餌付けをされて幸せになる
豆田麦
Ill.花染なぎさ
「君を愛することはないだろう」政略結婚の初夜。夫から突然『愛さない宣言』をされてしまい、焦るアビゲイル。それって……ごはんはいただけないということですか!?
家族にずっと虐げられてきた前世魔王の伯爵令嬢が、夫の生真面目軍人に餌付けをされて幸せになる、新感覚餌付けラブストーリー!

発行・株式会社　双葉社

Mノベルス

とびらの
tobirano presents
illust: 紫真依
ずたぼろ令嬢は姉の元婚約者に溺愛される
zutaboro reijou ha ane no motokonyakusha ni dekiai sareru
親から召使として扱われているマリーの誕生日パーティー、主役は……誰からも愛されるマリーの姉・アナスタジアだった。パーティーを抜け出したマリーは、偶然にも輝く緑色の瞳をしたキュロス伯爵と出会う。2人は楽しい時間を過ごすも、自分の扱われ方を思い出したマリーは彼の前から逃げ出してしまう。そんな誕生日からしばらくし、姉とキュロス伯爵の結婚が決まったのだが、贈られてきた服はどう見てもマリーのサイズで——!?　「小説家になろう」発、勘違いから始まったマリーと姉の婚約者キュロスの大人気あまあまシンデレラストーリー！

発行・株式会社　双葉社

Mノベルス

異世界でもふもふなでなでするためにがんばってます。

向日葵　ill.雀葵蘭

秋津みどり享年二十七。死因は過労。神様から能力をもらって異世界に転生しました！与えられたスキルは、人間以外の生物に好かれること。それ以外は平々凡々な私だけど、ハイスペックな家族に見守られつつ異世界ライフを満喫している。ファンタジーな動物たちをもふもふしたり、なでなでしたりする毎日。何やらきな臭い動きもあるけれど、神様に振り回されつつ、チートな仲間たちと一緒にがんばってます！

発行・株式会社　双葉社